U0109555

# 一生只有一個夢——紅毛港的傳說

你相信命運嗎？
你能完全主宰自己的生與死嗎？
你懂甚麼是愛嗎？
甚麼叫愛到深處無怨尤的愛情？
如果愛人是一種幸福？
那被愛的人是甚麼？
我們都知道，愛會帶來改變，
有時愛也會帶來毀滅。

王白石 著

# 序

與秀碧相識多年，欣賞她耿直不阿的個性。只要有她在，爽朗的笑聲總是不絕，當淑惠告訴大夥她即將出書，我隨之以玩笑回應：那序文必定要我寫；就因如此，「序文」便非我莫屬了。本想後悔，卻又沒有退路，唯恐文筆拙劣、辭不達意，破壞了整體性。

作家陳幸蕙女士在「現代女性的四個大夢」一書中曾有句話－領航自己的人生。從小到大我們所受的教育，只告訴我們如何讀書、如何做個好學生、如何擠進聯考窄門，很少教育他們如何思考？如何選擇？如何面對人生？如何確立自己的生活策略？如何去…愛自己？

書中的兩位女主角－君君和悅安，來自兩個不同的家庭；相對的，父母也給予不同的教育，因而教養出兩個個性懸殊的人。但她們卻也能夠順性發展，直到遇上人生一大抉擇時，君君無奈地接受母親安排，為了保命，只得根據相命先生的說法，選擇了早婚。但結果卻在花樣年華時香消玉殞；而悅安是個有主見的女孩，相同地也在命運的安排下嫁給初戀深愛她的男孩，原以為這會是一個美滿的婚姻，結果一場空難，留給她的只是腹中的胎兒。到底是老天在懲罰她，還是要她懷著一輩子的愧疚去扶養這個孩子呢？

為人父母的我們是否深思過，與其如此，不如給予孩子們一個獨立思考的空間，讓他們學習如何選擇？如何面對人生？如何確立自己人生的方向、以及重視生命？如此，君君與悅安的下場或許不會這樣令人傷感了。

身在一個多元的社會裡，我們確實需要有夢的藍圖來領航自己的人生，使自己成為一個健康的人，為這個世界擔起一份責任來。

彰化民生國小讀書會會長
月嬰姐筆　93年10月23日

# 有關於一生只有一個夢

人家說有夢最美，但美夢成真更美。但有趣的是人年紀越大夢想就越小，這是意味著人不斷在成長中？還是變得更世俗了

當然一個人的一生是不只擁有一個夢，而且每一個人都有屬於自己的夢想。所以有夢就有動力，有動力就有希望，有希望就有美好人生，只是，不是每個夢想都能有希望、有機會成真，雖然是如此，人還是不能沒有夢，而且一生擁有一個夢並執著去逐夢，不管最終的結果是否能如願，相信在追求的過程中，它已經豐富了你的日子。

感謝是我的好朋友吳淑惠，這位我把她黑白人生變成彩色（她老公說的），這個

善良又賢淑的女人，也是我喝下午茶的良伴。感謝主！賜給我這個朋友

感謝我的好朋友劉珍這個女人，是個無藥可救的浪漫，交到這個朋友，會讓你的人生充滿希望，在她的世界裡找不到壞人，她待人總是掏心掏肺，所以常常受到傷害，但她患有嚴重的失憶症，所以對於不如意的事，她轉個身就忘了精光，她就是如此的可愛，因此讓人想忘記她的好，都很難呀？還有感謝兒子的乾媽陳淑華這個人，是位善惡分明、講義氣有智慧的女人，可以為朋友兩肋插刀的現代俠女。謝謝！這三個女人的鼓勵。

最後，感謝教會裡的弟兄——傳孝弟兄幫我打字，看到你在教會裡幫忙的那一段日子，充滿喜樂。希望你能戒酒成功，永遠不再受到酒精的綑綁，願神祝福你。

93年10月23日

# 給愛人一封信

謝謝你！愛人老公，真的很謝謝你十八年前做了一件善事——娶我，小女子此生沒齒難忘，更謝謝你給我十七年安逸的日子。今天才能讓我把我想做的夢，完成——出了這本書。

我是一個很笨的女人，在我十八歲生日時，你曾經款款深情對我說，叫我給你機會，你要照顧『我一生一世』，當時我以為你是位愛情騙子。過了許多年後，再見到你，我卻傻傻著問你，如果我只活到七十歲，那你想活到幾歲時，你依然深情不變、毫不猶豫對我說：七十六歲是為要陪我一生一世，當時一時之間，還會意不過來，我很不高興問，你不是說要陪我一生一世，為何還比我多活六歲，你笑著說因為你比我大六歲，頓時，我莫名的感動，從那一刻起，就認定你是我今生的良人。後來怕愛情會退色（其實是我們年紀有一點老了），又怕食之無味、棄之可惜（其實是怕夜長夢多，再加上孤枕難眠的難挨），所以我們結了婚，但是卻沒有像童話故事一樣王子和公主從此過著幸福美滿。因為婚姻這一門功課實在好難，以致我們常常彼此有意或無意間傷害對方，我們吃了好多好多的苦。而等我們回首一路走下來，發現彼此那麼契合，方知一切都是神的恩典，神的祝福。

如今愛人你病了，看你被病魔打倒，被病痛折磨的樣子，我的心，好痛好痛，只是我觸摸不到你的傷痛，我也無法代替你受苦，我卻只能為你禱告，求神減輕你的疼痛，求神安慰你，也求神阿！憐憫我的無助。看你求生的意志那麼薄弱，我的心好痛、好痛，看你的生命就在病痛中，一天一天的流逝，我的心充滿恐懼、憂傷，我不知道神給你的磨難要到幾時休？我也不知道你還有多少個明天？但是我願意跟神求阿！請神讓我可以折壽給你，讓你能活到看到孩子們長大成人。最重要的是老公答應我要和我手牽手一起走完這一生，老公請你一定要勇敢、堅強活下去。老公呀！上帝給我們這樣一個缺憾的人生，雖然不是我們期待的，但是既然遇到了它，我們還是要勇敢活下去！終究一切都會過去的！

93年10月23日

# 1 啟程

讀書不是人生的一切，但是讀書是改變一切的人生

它讓人改變自己的存在價值。

台灣的七月天氣相當酷熱，火辣辣的太陽像熱滾滾的大火爐，狠狠的烘烤著大地。溽暑熱浪，侵襲萬物，讓人熱得汗流浹背，熱得抓狂，難以呼吸。

烈日當空下的曾君君被晒的頭昏眼花，心煩氣燥。心裡暗暗罵道：真不知道那位大人物如此頭腦簡單，四肢發達，才會把各種大考、小考等，雜七雜八的考試，統統訂在這酷熱難當，令人窒息的七月天。

她不耐煩地在某某高中側門前，一遍又一遍地走來走去。心裡不停嘀咕著：「好熱，好熱，真是熱死人了。」

等了老半天，卻始終不見好友王悅安的蹤影，她開始感到不悅與生氣。但是一想到今年的大學聯考金榜題名有望，可以擺脫三年來天天考試的夢魘，她就情不自禁的大聲叫著：「好棒呀！」巴不得全世界的人都能分享這份喜悅，知道現在的她是多麼快樂。

當她回過神時，卻依然未見到王悅安的人影出現，女人善於猜忌的特性讓她認為悅安和蘇以爾一定是不願意她當電燈泡，所以故意爽約，把她給甩了。想到悅安的重色輕友，心裡感到些許氣憤和難過，明明幾分鐘前才覺得自己被幸運之神擁抱著，為何轉念間，卻似乎被整個世界所遺棄？想到此，她不禁嘆了口氣。

因為不想再傻傻地等這兩人，曾君君便垂頭喪氣的離開了。一路上，悶悶不樂的情緒一直盤據心頭，讓她沮喪的低著頭。到了十字路口，未注意紅綠燈的號誌轉變，逕自往前走，就在這時，聽到一聲尖銳的摩托車剎車聲，才猛然抬頭，在千鈞一髮之際，曾君君雖及時閃避，但仍在驚嚇中踉蹌跌倒，手腳輕微擦傷。

那位摩托車騎士也被突發的狀況嚇壞了，緊急剎車回頭跑了過來，把跌倒的君君扶起來，滿懷焦慮和歉意問：「對不起，對不起，有沒有受傷？要不要到醫院檢查一下？」

曾君君低頭略為檢視一下，手腳只是略為擦傷，應無大礙。但因為驚魂未定，聲音顫抖著說：「沒事……你可以走了。」

這位摩托車騎士名叫高立偉，因為有急事趕著回公司處理，才會沒注意到突然衝出來的曾君君。雖然這個事故不完全是自己的過錯，但基於道義上的責任，還是從口袋掏出一張自己的名片，交給她道：「這位同學，這是我的名片，上面印有我服務單位及家裡的電話，如果有需要醫療賠償，我一定會負責到底。現在我有重要事，必須馬上離開，真的很抱歉。」語畢立刻轉身，騎著車揚長而去。

驚魂未定的曾君君這才回神，望著他逐漸消失的背影，心中突然湧現一種奇特的感覺，覺得那個人好熟悉，好像似曾相識，但是心裡卻十分篤定，自己真的從未見過他，至少在今天之前。

說不上為甚麼有這種感覺，令她百思不解。

君君搖搖頭自嘲庸人自擾，何必去想這個無聊又無解的問題。她捏捏手上的那張名片，這年頭像他這種有良心的男人，好像越來越少，卻被自己碰上了，是幸或是不幸，自己也茫茫然。不過看看自己手腳只是擦傷，回家擦一擦紅藥水就好了，哪需要到醫院，所以就隨手把名片往路旁垃圾筒一扔，拍拍手上的塵埃後便離去。

這時君君突然覺得又飢又渴，想到午餐尚未進食，於是強打起精神快步向前走找個可以填飽肚子的地方。念頭一轉，還是想到巴西咖啡店這個老地方，這裡是她和王悅安、蘇以爾經常聚會的地方，幾乎每個週末三人都會來此消磨整個下午，無拘無束瞎扯蛋，釋放當學生的壓力，他們在這裡度過無數快樂的週末。

推開門走進去，君君便瞧見坐在角落的蘇以爾和王悅安有說有笑，還一面吃得津津有味。君君按捺住心中的怒氣，不動聲色，輕輕走過去。

突然王悅安抬起頭，看見君君在眼前，喜出望外興奮叫：「哎呀！我的姑奶奶，終於等到你了。」然後轉頭對著以爾扮個鬼臉，沾沾自喜，自顧自說：「我就猜到君君一定會來此找我們，這叫心有靈犀一點通呀，你說是不是？」

君君因怒氣未消而未理會，粗線條的王悅安卻沒察覺，心裡極度不悅的君君臉色是多麼難看。

悅安仍然喜孜孜招呼著君君：「來，來這個風水佳，視線好的大位子，讓給我們最美麗的曾君君小姐。」

這時君君再也按捺不住滿肚子裡的火，一股腦般地開炮叫：「少來這套，像你這種重色輕友，又滿口仁義道德的人最差勁，今天我終於看清楚你的真面目，我們的友誼，到今天為止，一筆勾消。從此你走你的陽關道，我過我的獨木橋，再見！」說罷，立刻掉頭準備走人。

君君盛怒的舉止，震驚了大家。悅安一頭霧水，摸不著頭緒，情急叫道：「喂！你今天是不是吃錯藥，胡言亂語。說甚麼重色輕友，甚麼一筆勾消，我還沒有向你興師問罪，你倒惡人先告狀。你可知道我和以爾從考完試後，就在某某高中右側門口等你，等了兩個多鐘頭。我還不死心繞了校園五大圈，只差沒把整個校園掀起來抖一抖。我和以爾等得口乾舌燥，又餓又累，等得都快抓狂了，後來才想到來巴西咖啡店這裡，碰碰運氣，看能不能遇到你。結果你一來不分清紅皂白，劈頭唏哩嘩啦，說了一大堆欺人太甚又不入流的話來傷人，你真令我心寒極了。唉！這算那一門的好朋友，枉然呀！」王悅安戚戚然說。

看悅安一副理直氣壯和連珠炮般的辯解，曾君君頓時會意過來，也為剛才自己怒氣衝天、口不擇言的言語感到抱歉。可是……剎那間，腦海浮現悅安的那句話：「咦！不對呀，以爾不是告訴我在某某高中左側門口等，怎麼變成了右側門口？」

停頓一下，三人相視，默契十足異口同聲說：「喔！弄了老半天是搞錯地方，才會陰錯陽差產生誤解。」

隨著誤會的澄清，彼此憤怒的情緒也煙消雲散。唉呀！女人是最愛生氣的動物，也是最容易消氣的動物。

這時君君故意看著以爾，露出一副猜疑的樣子說：「以爾，你剛才有沒有做偽證？搞不好你們兩個串通，聯合來戲弄我！」

悅安聞言，馬上裝出一副很委屈的模樣：「天地良心，上蒼為證，明月為憑，我們可是一對善良百姓，從不做那作奸犯科、違背良心的事，所以也就不知道什麼是『串供』。」

悅安唱作俱佳，逗趣的表情，惹得君君和以爾哈哈大笑。

突然間，悅安一副若有所悟，把頭一歪，看著一旁傻呼呼陪著君君一直笑的以爾，驚叫：「我想今天這場烏龍事件，一定是以爾傳錯話。我早就說過，他嘴上無毛，辦事不牢，連左側跟右側都分不清楚，真是被他給打敗。」

「不過我一定要以爾付出代價來補償我們。」悅安靈機 動說：「君君你今天生那麼大的氣，一定死了不少細胞，再加上害我們的友誼受損，在道義上，他都應該做一些補償。因此今天吃的、喝的費用，全部由以爾負擔，誰有異議，請舉手。」她緊接著又火速搶著說：「大家無異議，表決通過，吔！」語畢，她露出狡詰勝利的眼神，並得意洋洋和君君相視大笑。

聽了這樣表決的結果，以爾一點也不感到意外，而且不慍不火自嘲說：「噢，又是我作東，好吧，誰叫我是女人堆的男人，反正在中國舊式觀念，男人付帳是天經地義的事。

憨厚的蘇以爾，講話語調始終不徐不疾，臉上永遠都是帶著微笑的一號表情。從他溫文儒雅的氣質，一眼就可以感覺他來自一個有教養的家庭。

悅安一聽，樂透地說：「對，對，你真是言之有理，反正你家錢這麼多，老爸那麼會賺錢，你偶爾當一下散財童子，也無傷大雅，又能符合書上『財盡其用，貨暢其流』的精神，並促進國家經濟繁榮。」

以爾覺得悅安越說越離譜，故意打斷她說：「你最會強詞奪理，說來說去，你就是吃定我，有時我真懷疑我是不是上輩子欠你的。」

「哈哈！沒錯，今生我就是註定吃定你的，誰叫你看上姑娘我，自投羅網來，只好任我宰割吧！」悅安難掩勝利之喜悅。

一旁的君君看著小倆口一來一往的鬥嘴，感到十分有趣。心想這對歡喜冤家，這份純純的愛，是否經得起時間的考驗，以及現實生活的變遷。誰也無法預料，畢竟他們漫長的人生旅程才剛要開始，未來又是那麼遙遠，充滿了太多的變數。

不談未來，以現在來說，他們是幸運的、令人羨慕的一對。因為在保守的世風下，萬般皆下品，唯有讀書高。在這種升學主義掛帥的導向之下，那一對父母會贊成求學中青春期的孩子談戀愛，何況在大人眼中，一個乳臭未乾的大孩子，懂甚麼情，懂甚麼愛。

但是以爾和悅安卻能得到雙方家長的應許，公開交往，令人嘖嘖稱奇。

兩人住在同一條路上，一個住路頭，一個住路尾，每天早上走同一條路，做同一部公車，經常不期而遇，日子久了，彼此都知道有對方這號人物的存在，兩人卻從未打招呼或交談過，直到一天早上，悅安家裡鐘壞了，她以為快遲到，擔心坐不到公車，所以只顧拼命地跑。湊巧這時以爾剛好鞋帶鬆了，蹲下來繫鞋帶，悅安一個沒注意，撞上並摔個四腳朝天，狼狽至極，悅安糗得恨不得眼前有個地洞可以鑽進去。

靦腆的以爾滿臉通紅，扶起悅安，並向她道歉。悅安卻由羞轉怒，不分清紅皂白，賞了以爾一巴掌，讓他錯愕不已。

莫名其妙的被打，以爾有點生氣說：「今天真倒楣，莫名其妙被撞，又無緣無故挨了一巴掌，沒看過這麼凶的女人，像母老虎。」

「是啊！我就是母老虎，少見多怪。」她說完後甩頭離去。

以爾怔住了。悅安凶悍的模樣，令以爾驚訝至極。

原來美麗外表是會騙人，感覺也會有落差時。

那個清純可人的女孩，原來是如此恰，令人退避三舍，敬而遠之。

隔天早上，悅安刻意提早到昨日摔倒的地方等以爾。

怎知，以爾一見悅安拔腿就跑，被眼尖的悅安看見攔阻下來。

「喂！你幹嘛看見我就跑，我又不會吃人，我特地來向你道歉。」

「如果我不接受……」以爾回想昨日之事，還餘怒未消。

「如果你不接受，那我就再賞你一巴掌。」悅安刁蠻的說。

「這算那門子道歉，一點誠意都沒有。」以爾抗議。

「噢！甚麼叫誠意，我不懂，請你教教我好嗎？」悅安裝傻溫柔問。

以爾被悅安一會兒凶巴巴，一會兒輕聲細語，搞得一頭霧水說：「今天心情不對，時間不對，改天再教你，我要去上學，再見。」以爾一溜煙跑了。

「好啊！敢耍我，臭男生，我跟你沒完沒了。」

兩人就此槓上了。

不久，洪紅發覺悅安不尋常的舉止，特別是攬鏡癡笑的行為，心裡不禁懷疑，於是決定徹底查明真相。經過數日的跟蹤，果然證實女兒在談戀愛，忍不住大發雷霆把她訓了一頓。

「年少狂妄的愛情是不會有結果的，你何必浪費情感。現在好好讀書，將來不怕找不到好人家。所以我不准你再和他見面，明天開始我親自送你上學。」洪虹嚴厲地告誡女兒。

「啊！完蛋了」不敢和媽媽抗爭的悅安忍不住驚叫。更糟的是，她無法告訴以爾一聲。

隔天早上，以爾一如往常在公車站牌等悅安一起坐車，這一天等不到悅安，以為她睡過頭。

第二天還是見不到她，蘇以爾以為悅安故意整他。

到了第三天依然不見悅安蹤跡，以爾開始焦急、寢食難安。

第四天，他終於按耐不住，請假去找王悅安的弟弟問個究竟，才知道王媽媽為了阻止王悅安和他見面，開始天天接送她上下學。

蘇以爾為此抑鬱寡歡，終日食不知味。

傍晚用餐時，大姊蘇若涵叫斜坐在沙發上發呆的以爾吃飯。

「大姊，我吃不下，你們先吃。」他無精打采應聲。

「傻個，你怎麼了？」她很自然問。

「喔！只是胃口不好。」他心情低落說。

「姐看你愁容滿面、心事重重，痛苦不堪的樣子，是不是感冒了，還是遇到什麼困難的事？」她關心地問。

「沒有！我只是很疲倦而已。」他難過地說。

「那你就上樓去休息一會兒。」她疼惜地說。

「好吧！」他為了掩飾心中的愁煩說。

望著他上樓背影，她憂心地對著三妹蘇若玫說：「看他心事重重，不知道發生了什麼事，你去問問看。」

二姐蘇若薇插嘴說：「對呀！這幾天我也覺得傻個怪怪的。」

蘇若玫恍然大悟叫道：「傻個是不是失戀了？」

大姊、二姐驚訝地異口同聲：「他甚麼時候開始談戀愛，看他一元垂垂，整天除了讀書、還是讀書，怎麼可能戀愛？」

蘇若玫語氣十分肯定地說：「你們太小看以爾了，這是真的，是他親口告訴我的，而且那女孩我有看過，長的很正點。」

「真的？」姊妹們驚訝不已。

「走吧！我們快上樓看看以爾。」蘇若薇說。

蘇若玫作個手勢說：「我去就好了。」

大姐、二姐點點頭。

「嘿！以爾你到底怎麼了，是不是失戀呢？」蘇若玫開門見山問。

「三姐，我是失戀了，不，比失戀還慘！」蘇以爾沮喪地回答。

「我聽不懂你的意思。」她疑惑地問。

「事情是這樣，我女朋友的媽媽反對她交男朋友，更不准我們見面，我已經好幾天沒見到她。我真的好想她，如果失去她，就像生命失去了陽光，只剩一片灰暗，這樣活著還有什麼意思呢？三姐，你一定要救救我！幫幫我。」他央求著。

「不會吧！你別開玩笑。」對於以爾的執著，蘇若玫感到很吃驚，接著說：「事情不會像你所想的，我想即使發生也不會這麼嚴重，再說她媽媽的堅持也是對的，你還小嘛！感情的事，你就想開一點，天涯何處無芳草，一切順其自然吧！」她安慰著他，並故做輕鬆地說。

「不，三姐你太不了解我了，我是很死心眼的人，這輩子我已經認定悅安是我的新娘子了。」他聞言相當激動地說著。

「唉，我拜託你，別這麼傻，有時執著不是不好，但是你還小，未來變數很大，將來若對方先變了心，你要怎麼辦？」

「三姐，這是什麼話，我不想聽。我只求你快替我想辦法，讓我能儘快見到悅安。」

若玫沉思一下，說道：「想要這段感情走下去，最好的辦法，就是請老爸和老媽親自到王家走一趟。」

「拜託，這種事也要勞煩老爸、老媽他們!?」他不以為然地。

「你是我們家的寶，所以你的事就是蘇家大事。」她振振有詞地。

「三姐，我不敢說。」蘇以爾覺得難為情。

她笑呵呵：「這事包在我身上。」

「哇！三姐，你真是我的救命恩人，我此生沒齒難忘。」

「呵呵，你謝得太誇張了。」

蘇以爾笑了。

「眾女兒，今天好像不是開家庭會日。」一家之主蘇國眾坐在餐桌前納悶地問。

三姊妹互看一下，由若玫代為發言：「聰明的老爸，這還用問嗎？當然是天大的事要報告。」

「甚麼大事，如此勞師動眾？」國眾不禁好奇地問。

「以爾戀愛了！」三姊妹異口同聲說。

「以爾有女朋友了，嗯！這是好事，我倒好奇，有那家的女孩會看上我們家楞頭楞腦的小子。」國眾吃驚地看了蘇以爾一眼，立刻追問。

「老爸你先別高興，我的話還沒有說完。」蘇若玫搶著答。

「究竟發生甚麼事？」蘇國眾有點困惑。

「是對方家長反對，不准他們交往，為此老弟食不知味、心急如焚，說快要活不下去，叫我們救救他。」她解釋道。

「可是我們左思右想，卻想不出好方法，只好向你跟老媽求救！」大姐蘇若涵聳聳肩說。

「噢！原來如此。」國眾繼續問：「是不是她媽媽嫌棄以爾？」

「不是，她根本沒見過以爾，而是覺得談戀愛會影響她女兒的功課。」

「如果是這樣，事情就好辦多了。」蘇國眾聽完後，心中已有解決之道。

「老爸，聽你的口氣，好像很有把握？」蘇若玫興奮地問。

「是啊！這事拖不得，必須速戰速決，免得我們傻個想不開啊！」他會心笑著

「我打算和你媽帶著傻個親自拜訪王家。不過我要先見過那個女孩後，再決定她是否值得我這樣做，所以傻個你設法去約他來家裡用餐，就在這個週末，在家裡用個餐。」

三姊妹興高采烈地說：「老爸，我們真是心有靈犀一點通，我們姊妹的想法和你一樣。」

全家人都為了即將與王悅安見面而興奮不已，尤其是蘇以爾。

三姊妹和賢慧的老媽擁著蘇以爾，開心地笑著：「你看，擁有一個英明又積極的老爸多棒！一切都迎刃而解！」

懷著忐忑不安的心情來到蘇家，王悅安嚇了一大跳。眼前這棟洋房正是她朝夕暮想，夢想有一天成為它的主人。想不到它竟是以爾的家！這棟三層白色歐式建築，從外表看起來相當醒目、氣派非凡，讓人情不自禁多看一眼。走進這豪宅，映入眼簾的是白色牆旁那顆麵包樹，茂密的枝葉，黃澄澄果實，三五成群的雀鳥爭相

啄食，人看了都不免垂涎三尺。沿著白色小石子鋪成的步道，兩旁修剪整潔有形的七里香樹，陣陣幽雅的清香，隨風飄散滿庭院。牆的另一角以大大小小的大理石堆砌成一座假山，它是座拱形小橋，中間築成瀑布讓水傾瀉而下，水池裡也養著許許多多的錦鯉魚，悠悠哉哉游來游去。整座山的空隙，種滿不同顏色的玫瑰花，在花與樹的空間，鋪著綠意盎然的韓國草，整個庭院相當雅緻，賞心悅目。

一家之主的蘇國眾中年身材，略微發福，有著一頭漂準地中海髮型，臉上永遠掛著彌勒佛般和氣生財的笑容。他最大的滿足，就是擁有三個漂亮又貼心的女兒，和一個聰明又上進的兒子。看著眉毛細細地描過，撲了淡淡地薄粉，口紅也一絲不苟地畫得恰到好處，一年四季都是身穿旗袍的蘇太太，淡雅的清香和高貴的裝扮，把自己的優雅氣質表露無遺。

這時在屋內久候的蘇以爾，不耐煩地走出來，一眼就看到徘徊在門口的悅安，於是喊道大聲：「悅安你終於來了，我好高興終於見到你。快進來，大家都在等著你。」他一把拉住她。

悅安見到蘇家全家都在餐桌前等著她，感到既驚訝又抱歉：「對不起，我來晚了。」

蘇媽媽笑盈盈地說：「沒關係，快過來坐吧。」

王悅安落落大方道：「好的。」

當她一坐下來，蘇家全部的目光都集中在她身上不停打量，讓她感到渾身不自在，如坐針氈。

蘇以爾看出她的不自在，趕緊提醒爸爸：「可以開飯嗎？」

蘇國眾目不轉睛看著王悅安，滿意笑道：「開動，開動！」

面對滿桌豐盛佳餚，王悅安很心動卻不敢行動，只含蓄挾就近的菜，還好大家爭相夾給她，受到熱情的款待，內心感動不已。

「常聽以爾提起你，今天看到你，覺得我兒子挺有眼光。」蘇國眾微笑著說出心中看法。

王悅安害羞地含笑看向蘇以爾。

「冒昧地請問你，」蘇國眾開門見山地說：「你喜歡以爾那一點？」

王悅安不假思索地說：「好欺負！」

話一出口，她立刻驚覺自己失言而尷尬不已，連忙解釋是喜歡他的敦厚、老實。

蘇媽媽與三姐妹聞言，忍不住哈哈大笑。

國眾又看看以爾，問道：「那以爾你喜歡悅安那一點？」

蘇以爾面紅耳赤地回答：「美麗大方，又有主見。」

蘇國眾相當滿意地點點頭。

蘇以爾卻抗議：「老爸，你是在身家調查，還是在錄口供。」

蘇國眾笑著答：「兩者都有，現在我還準備來當媒人，做你們愛情的橋樑。我決定了這個禮拜天就去王家拜訪。」

「老爸做事真有效率。」大姐蘇若薇讚道。

王悅安聞言，卻緊張不已：「不行，蘇伯父你突然造訪我家，我不被我媽打死才怪！」

「你放心，相信蘇伯父一次。」他安撫著充滿不安的王悅安。

「可是，我很怕媽媽會生氣，令您難堪。」

「別擔心，你蘇伯父是經過大風大浪的人，再說你媽媽是讀書人，場面應該不致於太糟。」蘇媽媽也勸王悅安別太擔心。

「可是……可是……」王悅安擔憂不已。

在大家的保證下，她也只好點點頭。

隔天早上十點，蘇家一行人準時到達王家。

開門的是王家的男主人王作聲，他很客氣請蘇家人進客廳坐。

蘇國眾禮貌性：「真不好意思，打擾了！」

王作聲客套地說：「哪裡，哪裡，難得大家有緣認識也不錯！」

坐在悅安身旁的是洪紅，她以不友善的眼光打量蘇家三人，首先是西裝筆挺的蘇國眾，和珠光寶氣、一臉貴夫人相的蘇太太，以及桌上那一籃五爪蘋果，一看就知道是有錢人家。

寒喧一番，蘇國眾開門見山地表明來意。

王作聲愕然地說：「前幾天聽內人說悅安在談戀愛，當時我還以為她疑心病太重，原來真有那回事。」

仔細打量眼前這個男孩，王作聲疑惑地問：「你們今天來的目的是……」

「我和內人是來請求你們不要阻止他們倆的感情，讓年輕人自由發展。」

洪紅聞言斷然拒絕：「那是不可能的！」

「為什麼？」蘇國眾早有心理準備，但不解其中原因。

「他們年紀還太小，懂什麼是愛情！」洪紅不屑地答。

「王太太，恕我直言，人是感情的動物，都渴望被愛以及愛人，這都是天性，更何況他們是青少年了，怎麼會不懂什麼是愛？」蘇國眾溫和地勸解，其實內心帶著些許不快。

洪紅聽不進任何話，態度依然堅決：「女兒是我的，為了她的將來，我希望她現在心無旁騖地好好讀書。」

蘇國眾仍不死心：「你強迫性拆散他們，難道就能將悅安的心導入專心讀書的軌道嗎？」

她依然不肯退讓：「至少我知道談戀愛會使讀書分心。」

「或許你的想法沒有錯，但是做法不一定對，我相信書讀的好，或許將來會比別人多一些機會，但絕不是唯一的出路。天下父母心，我能體會你用心良苦，但孩子們了解我們的苦心嗎？會照我們所盼望或者所預設的路走嗎？」

洪紅一點也不認同蘇國眾的說詞，不屑中帶著霸氣地說：「我說過孩子是我的，我相信我的孩子一定會遵從。至於你的請求，恕難答應。」

蘇國眾真的無法忍受如此專橫的女人，本想一走了之，但是看到以爾乞求的眼神，只好繼續忍氣吞聲說：「我們為人父母，不論如何教育孩子出人頭地，也都只是希望他們過得快樂，所以我們要學習認同他們的需要，尊重他們的選擇，給他們一片開闊的天空。是的，就算現在能左右他們一時，卻主宰不了他們一生，所以我真心懇求你，能給兩個孩子一個機會，好嗎？」

眾人屏息等待洪紅的答案。

霎時，洪紅看了那籃蘋果，回憶起自己也曾是富貴人家的千金小姐，每日飯來張口、茶來伸手。因戰亂逃到台灣後，每天辛苦的工作，日子卻依然很清苦，這叫她如何不怨天尤人。如今自己青春不再，體力不再，想改變命運的機會十分渺茫，只好把夢想全寄託在悅安身上，並且認為讀書是改變命運最好的方法。但是現在她心動了，不過剛才不留餘地的拒絕人家，現在實在拉不下臉說「好」。

猶豫半天，洪紅依然回答：「我難以答應，你們請回吧！」

一時之間，大家都愣住了。

王悅安和蘇以爾忍不住叫道：「為什麼？」聲音充滿哀求和無助。

蘇國眾則示意太太拉著兒子離開。

蘇太太看著傷心的兒子，摟著他說：「兒子走吧，很多事是強求不來的，你就想開一點吧。」

蘇以爾忍不住傷心，淚濕眼眶，默默跟著媽媽走。

一直保持沉默的王作聲看不下去，起身說：「蘇先生你們請留步！」

蘇國眾訝異地停下腳步。

王作聲用一慣慢條斯理的語氣說：「我是一家之主，今天的事該由我做主。基本上我太太是愛女心切，請你們別介意。我被你們夫妻的誠意感動，也覺得以爾是個不錯的孩子，我同意讓他們順其自然交往。但是有一個附帶條件，就是兩人不能因為兒女私情而荒廢了學業，只要功課退步，我立刻終止他們來往。還有所有的約會要透明化，讓父母知道。」

王作聲說著看著女兒，拍拍蘇以爾的肩說：「兩個年輕人做得到我的規定嗎？」

以爾和悅安互看一下，異口同聲說：「沒問題！」

王悅安喜極而泣衝過去擁抱王作聲：「爸爸，謝謝你！我愛你！」

一向拘謹的王作聲，對於女兒突來的親膩舉動，覺得很不自在，但心裡卻很甜蜜。

對於丈夫的表現感到刮目相看的洪虹，也就順意默許了。

蘇國眾對於王先生能適時挺身而出，內心十分感激，也莫名欣賞起這個男人。

蘇以爾和王悅安終於可以光明正大的交往，自由出入彼此的家。

王悅安和蘇以爾依然不停地鬥嘴，完全無視於君君的存在，不過君君早已習慣三人這樣的相處模式。

看見沉思中的君君，王悅安忍不住叫道：「喂！你在發什麼呆，趕快吃一吃，好繼續下一個餘興節目。」頭一偏，瞧見她手臂擦傷，便大驚小怪嚷道：「你的手怎麼受傷了？」

曾君君淡然地說：「剛才經過十字路口時，不小心被一個冒失鬼騎士撞到。」

王悅安開玩笑地說：「我還以為你是因為考不好，想不開要自殘呢！」

聽得曾君君啼笑皆非。

蘇以爾卻行俠仗義地說：「人家君君可是高材生，功課一流，自殘的機會輪不到她，哪像某人讀的是三流高中，有可能從今天開始就要高唱被聯考拒絕的小女子之歌，自己還渾然不知呀！」

「我就知道你看不起我，瞧不起我的學校。」王悅安聽了很不是滋味，不服輸地說：「讀三流高中又怎樣，又不是全校每一個人成績都很爛，今年大學聯考，我一定可以考上好學校。」其實是否能金榜題名，她一點把握也沒有，所以話一說完，馬上後悔自己為甚麼那麼死愛面子。

「好了啦，我們不要管聯考考得如何，好嗎？反正一切都已成定局。」君君出面制止兩人繼續抬槓。

「對嘛！所謂逝者已矣，來者可追。」王悅安插嘴。

「嗯！我們不要讓它破壞今天的玩興，來舉杯飲盡吧！」曾君君興高采烈地說。

「耶！」三人同聲歡呼。

三人走出巴西咖啡屋後，像似從不見天日的牢籠釋放出來，深深吸了一口氣，讚嘆！陽光是如此耀眼迷人，更覺得世界變可愛了，變美了。只因現在已經解開聯考的枷鎖，一切憂愁也隨之消失，心無掛礙時，心情變得十分輕鬆，而搞怪的心思，這時蠢蠢欲動，尤其對那五花八門的娛樂世界，竟有了無比好奇。尤其是對平日學校教官大人一而再，再而三，一天到晚不停的三申五令禁止涉足的所謂『不良娛樂場所』，更是想去開開眼界，滿足一下過去所不能為的好奇心，和享受一下自我解放的自由是什麼滋味，順便一下慶祝聯考苦難日子結束，更慶祝自己長大了等……一大堆藉口的背後目的是說……一切都豁出去了。

第一次來到某音樂屋，以爾、君君、悅安三人怯生生走進門，一進去就被響震欲墜，非常刺耳的搖滾音樂聲，大大被震嚇了，又聞滿屋煙霧迷漫，以及混濁、惡劣透、雜味十足的空氣，令人呼吸困難。三人心裡都想就此打退堂鼓，但生性豁達又是好奇寶寶型的悅安卻又想難得有機會、有時間、有心情，出來見識一下，所以便安慰兩人說：「既來之，則安之。」君君，以爾兩人想想也對，就勉強找個位子坐下來。

這時服務生尾隨來到招呼點東西，三人看看目錄的東西，又環顧四週客人的動態後，決定入境隨俗，暫拋世俗的顧忌，跟著人家點一杯超大生啤酒，以及一包香煙，服務生露出絲絲訝異，但是很快又露出職業性笑容離去。

東西送來，三人望著它卻相視而笑，因為他們根本不知如何正確享受它，最後在好玩的驅使下，三人壯膽先後嘗試喝了啤酒，體會一下大人口中，微醺是仙人的滋味，也想明白何謂淺酌是雅人的樣子，結果三個土包子，各喝了一口後，就被苦澀和酒精給打敗，異口同聲說：「這麼難喝的東西，也叫酒，難怪別人會說酩酊大醉是庸人，不過我們還是當個滴酒不沾的俗人。」一語畢，三人縱情開懷大笑。音樂屋有個優點，不管你是如何大吼，大叫，大笑，或稍有逾越行為都不會引人側目，因為大家都是一樣來找快樂的、來找刺激的、以及宣洩情緒，所以震耳的搖滾樂發出的噪音，淹沒所有的聲音，滿足人的需求。

接著三人又瞧見左右鄰坐，男男女女都在吞雲吐霧，好神氣又洒脫，三人又一致想要了解什麼叫飯後一根煙，快樂似神仙，結果以爾，悅安，君君同時吸了一口煙後，被嗆得站起來，猛咳不停，而惹來旁桌人士的異樣眼光，三人迫不得已，只好落荒而逃。

出了烏煙瘴氣的音樂屋，頓時覺得外面空氣是何等新鮮呀！悅安忍不住大大吸了一口氣說：「甚麼音樂屋，簡直吵死人屋。」君君、以爾有同感點點頭。

不過悅安一想到剛才在黑暗的音樂屋，作了兩件驚天動地的事，又抽煙，又是喝酒，心裡覺得好開心，終於滿足多年的好奇心呀。只是結果卻沒有他們想像中的美好，今日的嘗試後，讓他們徹徹底底粉碎過去一直想借抽煙、喝酒來代表自己已長大的荒謬、幼稚的想法。

其實每個人都有一顆好奇心，尤其是處於青少年叛逆時期的孩子更強烈，而且越是禁止的事，孩子們越是好奇，越想去嘗試箇中的滋味。所以適當的引導，總比一味的禁止好呀！悅安有感而發想著，但是在升學導向、權威的家庭教育，誰會去憐憫傾聽小孩的心聲。

今天是三人決定的『解放』日，一致贊成百無禁忌，讓自己快樂一下，把過去沒有去過，還是心裡想去卻不能去的聲色場所，一一往前。所以三人開開心心走到繁華的中山二路某大廈中的一家地下舞廳，外面只掛著『兩個小小的字』招牌，沒有說明是什麼場所，如果不熟此門路的人，是不知道如何進來。悅安之所以知道此處，是透過同學的介紹，至於擦地板的舞功，略懂皮毛，教授的老師是蘇家三姐若玫，所以當她一踏進門，心也隨著音樂雀躍起來，興致勃勃，拉著君君，以爾入舞池，兩人卻婉拒了悅安，悅安只好一人獨樂樂沉浸在舞池裡，這快樂也是來自她有自信的特質，最有現學現賣的勇氣。

君君對跳舞是一竅不通，且生性保守、膽小的她，那敢和陌生人摟摟抱抱。而以爾對此是興致缺缺，因此從一進場，兩人就呆坐在角落欣賞五光十色燈下形形色色的舞姿，隨著音樂的旋律，不同的節奏，看盡人的百態，有的姿情放蕩，有的擺臀扭腰，有的窮搖亂擺，有的婀娜曼妙、有的盡情盡興、有的摟摟抱抱，臉貼臉、卿卿我我，一副渾然忘我，這些限制級的畫面，讓單純的曾君君看得目瞪口呆、臉紅不已，心裡卻覺得好恐怖，太放肆，不知是自己過分保守、還是太落伍，總之她是不能接受這種放蕩行骸的舉止。因此每當有男孩走到君君面前邀舞時，總是叫在一旁打盹的以爾來解圍；最後在君君、以爾頻頻催促之下，悅安只好意猶未盡，依依不捨離開舞廳。

第三站他們來到「純喫茶」，甚麼是純喫茶，又叫摸摸茶，它是做甚麼，搞甚麼飛機，三人一臉茫然，只是覺得它的名字很新鮮，一定很刺激，所以就想去一窺究竟。卻不知道一般出入「純喫茶室」都是一對對情侶，因此他們三人行出現在純喫茶的服務台，服務生們以詫異的表情看著他們，只是來者是客，其中一個服務生以她職業化，迅速的動作，問他們要雅座（每桌旁皆有一盞五燭光燈泡）或特別雅座（一片漆黑）三人傻呼呼點了後者，服務生拿著很小的手電筒，帶領三人入座和點飲料，隨著服務生的離去，四周立刻像似停電，陷入一片漆黑，伸手不見五指，誰也見不到誰，君君嚇得一直叫，悅安也覺得黑漆漆、好可怕，以爾卻覺得很有趣，趁機捉弄悅安一番，悅安一怒之下拉著君君走。

從純喫茶出來時，看到月亮已經高高掛著，華燈初上，此時三人覺得肚子咕咕叫，原來是吃晚餐時間到了，走著走著，突然聞到前面飄來陣陣香味，原來是「老×牛肉麵」店，君君、以爾不約而同說：「去吃牛肉麵。」

等候牛肉麵的空檔，悅安趁機問：「今天新鮮之旅，二位覺得如何？」

以爾說：「很新鮮，但是覺得好累，一點也不好玩，還是讀書好。」

悅安狠狠白了以爾一眼說：「真是竹本口木，笨呆一個，不懂樂趣」。

「那君君你感覺如何？」悅安轉頭問。

君君微微笑說：「我不知道你要聽真話，還是假話。」

「喂！你簡直是在說廢話嗎！我當然要聽真話嘛！」

「好啊！但是說了，你不能罵人。」君君心情愉快笑著。

悅安同意說：「好。」

君君滿意笑著：「今天像似劉姥姥進大觀園，看的眼花撩亂，樣樣皆新鮮，有趣，一切感覺還不錯，謝謝我們美麗又大方的王悅安小姐帶領我們大開眼界。」

悅安心花怒放的點點頭。

餐畢，悅安、以爾一起送君君到高雄客運車站，坐最後一班車回家。

以爾，悅安也一起坐車回家。

回家路上，在車上君君閉目養神，順便回想整個下午刺激之旅，覺得它充滿了新奇，得到一股迷惑的感官快樂和短暫的解脫之外，剩下的也只是幾分迷茫。

# 2 相遇

人的邂逅是一連串偶然的組合，

是串起美麗人生的開始

又是一天的開始，曾君君睜開眼，起床伸一伸懶腰，走到窗前，掀開窗簾，陽光傾瀉而進，灑落全地，頓時全身的細胞都鮮活動起來，感覺美好的一天即展開。

迎向風中的早晨，海風吹來陣陣熟悉鹹濕的魚腥味，是家鄉特有味道，遠眺海邊沙灘上追逐玩耍的孩童，不時傳來一陣又一陣嬉戲笑聲，曾經多麼熟悉的聲音如今又感覺是如此的遙遠。

望著蔚藍的天空，一際無垠的大海，交織著海天一色，分不清是海、是天，真是美不勝收，感覺心曠神怡，真棒！第一次發覺原來海有這麼美。她忍不住輕嘆！都是繁重的課業，剝奪了她對美的事物之欣賞能力。

還好從今天起，日子將不再被大大小小的考試填滿，她可以好好享受甚麼叫青春年華，甚麼人生。想想過去，一些屬於年青人的專利品，上帝總是把她的部分給遺落，而自己卻不敢有太多的抱怨。因為她想想，在某方面上，如讀書，她是位頗受恩寵的幸運兒，不然怎麼可能在喪父之下，又生在一個靠天吃飯、靠海長大的漁村，母親卻能摒棄重男輕女的觀念，供給她唸書。看看村裡的女孩們，通常完成九年義務教育，就必須在家裡幫忙做事，不然就到加工區當女工賺錢，作了幾年的事，家裡便急急安排相親，早早就把她們給嫁掉。

至於男孩的命運就不一樣；不喜歡讀書的人，可以去捕魚，而愛唸書的人，不管家境富裕、或貧苦，父母總是想盡辦法，把他們送到都市裡讀書。

畢竟天下父母心，大家都希望自己的孩子出人頭地，未來過著好日子。因為當漁夫實在太辛苦，生活太沒有保障。

她有時不免會迷惑著想：難道一定要讀書一定要擁有高學歷，才能出人頭地，才能擁有榮華富貴嗎？

正想著出神，樓下的喊叫聲打斷了她的思緒，到樓下看到臉上永遠堆滿笑容的吳昭娣，便大聲叫：「媽，有甚麼事，叫那麼大聲，全世界都聽到了。」

「哎呀！我的寶貝女兒，甚麼時候學會說話變得如此誇張。」吳昭娣笑盈盈地說。

「媽！你最討厭了。」曾君君撒嬌地說。

「好啦！算我沒說就是，我以為你這位大小姐還在睡懶覺，聽不到我的聲音，所以就拉大嗓門，真不好意思，讓你嚇到了，我給你賠個禮呀！」吳昭娣比個敬禮的手勢，逗著君君。

「媽，你又來這套，人家我早就起床，只是在窗前欣賞海景出了神，才沒聽見。」

「噢！原來如此，是我冤枉你，對不起寶貝。你現在想吃甚麼早餐，我去幫你弄。」吳昭娣很自然地流露出母性。

「不用了，我什麼都不想吃。」曾君君懶洋洋道。

「傻孩子，早餐很重要，不吃對身體不好，而且聽說老的時候會得老年痴呆症。」

「人家沒有胃口，而且我還年輕，才不怕得什麼老年癡呆症，別嚇唬我。」撒嬌說。停頓一下，君君好奇地問：「媽，你今天怎麼沒去上班？」

「你終於想到我了，算我沒有白疼你。」吳昭娣取笑著她。

「媽，你快說嘛！」曾君君催促著。

「當然是為了你，否則像我這種天生勞碌命的，那閒得下來。」吳昭娣自嘲地說。

「媽，其實勞碌命也是一種福氣，表示你身體很健康又能幹。」

「我的女兒，你什麼時候變成馬屁精啦！」吳昭娣笑了笑，接著感慨地說：「不過媽媽是滿喜歡目前的工作，也很滿足現在的生活。這一切都是命，命造就的環境，半點不由人。」

君君聞言緊緊握住媽媽的手，臉上流露出心疼的表情。

偷偷拭去眼淚，曾君君強壓住內心的激動，努力作出輕鬆狀，換個話題：「媽！

今天留在家裡，就是為了叫我起床，吃早餐而已？」

「當然不只這些，君君你忘了，你媽我是做大事的人。」吳昭娣略為停頓一下，語氣開始變沉重說：「我想跟你商量一件事，是一件很重要。」她的心情轉為陰暗。

「我也有事告訴你。」曾君君未警覺她臉色的變化，仍興高采烈要報喜。

「真的，甚麼事？」吳昭娣勉強展顏笑問：「誰要先說？」

「當然是我。」君君憋不住叫：「媽，這次聯考我考得不錯，我想上第一次志願，大概沒問題。」她喜孜孜地說。

「我知道，而且昨天我就知道了。」吳昭娣淡然回答。

「怎麼可能？」曾君君感到十分意外。

「是你昨天晚歸，洩漏了秘密。」

「真沒樂趣，甚麼秘密都逃不過你的法眼。」曾君君嘟著嘴巴。

「早知道、晚知道，都是要知道嘛！重要的是，我的賀禮不會少。」她安慰著曾君君。

曾君君聽了立刻眼睛一亮，高興的大叫：「真的？那我要一個大的絨毛熊寶貝，可以抱著睡覺。」

「我的天，你那麼大的人，還要抱著絨毛熊睡。」吳昭娣難以置信。

「媽，你每天早出晚歸，都沒有人可以和我說話，我好寂寞，好孤獨。」君君故意擺出一副可憐相。

昭娣聽了一陣心酸，心中對君君有太多的虧欠，但她也很無奈。自從丈夫出海捕魚失事後，為了讓生活過下去，每天總是忙忙碌碌，早出晚歸，難得有空陪她，想到此內心充滿了歉疚，便爽快答應說：「好吧，隨你，只要你喜歡就好。」

「萬歲！」君君勝利的呼叫著快樂的想轉身欲離去。

「喂！君君等一下，我的話還沒有說完。」

「噢！我差點忘了。」君君不好意思地說。

「事情是這樣，在你聯考前夕，我擔心你考試時會失常，一直想替你分憂解勞，就到各大廟宇拜拜，求神保佑。當我在幾間寺廟都抽到上上好籤時，一顆忐忑不安的心就稍微緩和一點。」

「媽！都甚麼年代，還這麼迷信，我就不相信沒有努力讀書，臨時抱佛腳，就會出現奇蹟。」曾君君始終堅信一分耕耘一分收穫的道理。

昭娣緊張唸著「童言無忌」，接著又斥責君君不可以亂說話。

「如果神明只是一個木雕的偶像，怎麼會有不勝枚舉的神蹟發生，如果神是不存在的，芸芸眾多的信徒怎麼會願意來供奉、膜拜祂。你看我們村裡，漁船出海前，只要準備三牲供拜之後，出海回來一定滿載而歸。還有一些享有盛名寺廟，每天總是有不遠千里而來的信徒到此膜拜，這不就證明神真的是無所不能、無所不在，是人類的守護神。」

縱然對第四空間的存在半信半疑，但是面對敬畏神的媽媽，曾君君還是決定不招惹她的忌諱。

吳昭娣見她態度有所退讓，滿意地說：「人是個很奇怪的動物，在失意、無助之際，總是想到求助江湖術士，甚麼鐵口半仙，真不知他們是真半仙，還是假半仙，只是他很聰明的利用人性的弱點，看準人無助時的軟弱。又了解人，對未來的事，充滿了欲睹為快的好奇心，於是就以此，豎起大開善門的招牌，做起無本的生意。」昭娣自顧自地說著，一旁的君君聽得一頭霧水。

「君君呀！雖然所有的廟宇所抽的都是高中的上上籤，但我還是無法完全放心，剛好你阿姨打電話來，叫我陪她去找某某鐵口直斷胡半仙收收驚。」

「阿姨怎麼了？」曾君君感到很好奇。

「前天出了小車禍，人無大礙，只是受了點驚嚇而已。我就陪她一起去，順便拿你的生辰八字給胡半仙，請他算算你的考運，以及你的命好不好？胡半仙批算後，臉色凝重對我說：『你女兒一定會考上一流大學，但今年內，命裡有個大劫數，如果想要逃過此劫數，一定要有大喜事來沖喜，那就是結婚，否則她將無法活過今年的中秋節。』當時我聽了嚇得魂飛魄散，心裡一團亂。讓我又憶起當初家裡供奉的太子爺的香爐，無緣無故起了大火，你姨媽也是叫我去請胡半仙指引迷津，解開這個怪異的現象。結果這位素有神童化身之稱的胡半仙說：『這是災厄臨頭的預兆，再三交代我，在那一年的七、八月裡，千萬不要讓你爸爸出海捕魚。』」說到這裡，昭娣再也忍不住淚水、哽咽著說：「結果你爸爸不信江湖術士，還斥責我是昏庸之婦。連後來祖先牌位前的香爐也起火燒了起來，但你爸爸依然不信邪，不顧我的苦苦哀求，照樣出海捕魚，卻從此一去不復返，葬身海底，至今屍骨仍未尋獲，」說到這悲傷的往事，吳昭娣淚流滿面道：「還有你那個命薄的姊姊之所以會死，也要怪你爸爸。當初在蓋新房子時，他不聽地理師指示風水、方位，一意孤行，才會一住新屋不久，你姊姊就犯沖死掉，每次一想到她，我心中就有無限的不捨和怨恨。」

在旁跟著落淚的曾君君插嘴叫：「媽，你怎麼又把姊姊之死牽扯進來，姊姊是因為生病住院，醫護人員疏忽下，輸錯血所造成的不幸，這跟風水無關，請你不要把這些不幸的事，統統加諸在爸爸的頭上，否則在九泉之下的爸爸聽到，一定會感到相當難過。」她忍不住為爸爸抱屈。

「你懂甚麼！為甚麼別人都不會輸錯血，就只有你姊姊那麼倒楣會碰上！」吳昭娣歇斯底里叫著：「不管你相不相信風水的奧秘，還是胡半仙的說詞。你爸爸跟你姊姊的死，是不可抹滅的事實。現在，你是媽唯一活下去的理由，也是我的力量和依靠，為了怕又失去你，媽會不惜任何代價來阻止悲劇再一次重演。所以我決定在中秋節之前完成你的終生大事。現在已經農曆六月了，時間相當緊迫，因此媽選擇最快的方式，也就是相親。至於相親的對象，你阿姨已經幫你物色好了，相親的日子就在後天的晚上。或許媽這樣做太過草率、太不尊重你，但情勢所逼，縱然內心有太多的無助與無奈，卻比不上失去你的可怕，但願你能體會媽此時此刻的心情。」

君君聽了，猶如晴天霹靂，久久無法自已，口中不停喃喃自語：「這是多麼荒唐的事，令人難以置信，更無力招架，天啊！我只是一個平凡的女孩，一個剛擺脫聯考的枷鎖，準備要好好編織美麗的人生，這一切都還來不及構圖，就因為胡半仙的一句話，所有的美夢都成泡影。

「媽，都甚麼時代，你還那麼迷信算命先生的一派胡言。對於爸爸的死，純粹是巧合，當時漁船設備比較簡陋，科學不發達，沒有偵測颱風的精密儀器裝置，再加上七、八月是颱風來襲的季節，才會遇上颱風，發生不幸沉船人亡。所以我不信胡半仙的無稽之談，更不會去相甚麼親。」她決心反抗到底。

見她抗拒的態度，吳昭娣一時悲從中來，心頭隱隱作痛，淚水像決堤的水庫般宣洩出來。

君君看到媽媽一把鼻涕，一把眼淚，哭得肝腸寸斷，這情景彷彿回到當年姊姊、爸爸離開人間時，媽媽也是這樣哭的死去活來，終日以淚洗臉，如今這個傷痛，又赤裸裸呈現在眼前，她不禁打了個冷顫！

想到心中這個痛，頓時就軟心下來，收起強硬的態度：「媽，你別哭了，一切好商量，何必一定用哭，讓我難過。」

昭娣依然低頭掩面而哭，這下君君慌亂不已，情己之下，乞求說：「媽媽只要你不再哭，我就順從你的安排。」

這句話好像止哭的特效藥一樣，昭娣馬上破涕為笑，問著：「這是真的嗎？」剛才的悲情統統拋到九霄雲外。

見到媽媽綻放笑容，自己也跟著笑：「這是真的，不是夢，不過有個條件，後天的相親是第一次，我希望也是最後一次。」

「好的，沒問題。」吳昭娣不經思索，一口答應，心裡卻沒有絲毫把握，是否一次就相親成功。唉！不管它了，反正船到橋頭自然直，走一步算一步，眼前的問題解決，總算鬆了一口氣。

君君不禁感嘆命運真會捉弄人，為人生無常的變化感到害怕。

昨日一時心軟答應相親後，君君就感到相當後悔，並且痛恨自己的婦人之心，整夜不停思索著自己是多麼可憐，尤其是自己的命運，居然不是掌握在自己的手裡，連婚姻大事也要任人擺佈，究竟是背負太多的親情包袱，還是自己太軟弱而甘心做個傀儡？

好不容易捱到天亮，聽見媽媽出門的腳步聲，君君立刻從床上跳起來，匆匆梳洗完，立刻騎著腳踏車，到高雄想找王悅安傾訴。

看看錶，才八點多，君君知道，這個睡蟲悅安一定還沒起床，為了打發時間，只好捨去坐船，改走馬路。今天依然穿著一身潔白，戴著白色鴨舌帽，一副自認為最洒脫、純潔的模樣。

一夜未眠，又長途跋涉，再加上火辣辣的太陽，讓君君微微感到體力不濟，精神渙散、不能專心的君君，越騎是越往路中間，不久就被一輛摩托車，稍微擦過身，搖晃一下，人車均好，只是漫不經心的君君，被突發的狀況嚇到，便大叫一聲，隨即停下車。那位摩托車騎士也被她的叫聲嚇到，本能反應的停下車來，回頭一看，剛好與君君四目交接。

君君對眼前的騎士感到十分眼熟，仔細一瞧，立刻認出他就是前天撞到她的人，現在又差點被他撞到，心裡實在有夠嘔，有夠倒楣，忍不住火大說：「怎麼又是你！」

「對不起！我不是故意的。」他的語氣歉意中夾雜著驚奇。

君君知道這次錯不在他，只是此時她被相親的事搞得心煩氣躁，心情沮喪透了，偏偏又發生這事，累積諸多的情緒讓君君口氣凶悍說：「我怎麼這麼倒楣，老是遇到你，我不要你的道歉，我不想再看到你，你馬上走開，我拜託你，快走開。」

「喔！」他一臉愕然。

她不友善的語氣，完全把怒氣寫在臉上。這名騎士叫做高立偉他可以諒解她的情緒，只是不明白兩次的相遇，為什麼都是在這種情況發生，天下怎麼會有這麼巧合又奇妙的事。在納悶和好奇的驅使下，他很認真直視君君，發覺憤怒中曾君君，依然掩蓋不了她的清純以及秀麗的氣質，剎那間，心湖掀起陣陣漣漪，似乎有一股電流觸動了心弦。

曾君君受不了他的凝視，立刻轉身離去。

高立偉目送著她遠去，沒有做任何動作，因為他有一種預感，他們一定會在相逢的。

好不容易騎到了悅安家，開門的是一臉睡眼惺忪的王悅安，見到君君這位不速之客，十分意外並希奇說：「是甚麼風把你吹來的？」

「我快要被煩惱淹死了。」疲憊不堪的君君說。

「真的還假的，天下有甚麼煩惱可以淹死人，更何況是我們的天之驕女。」王悅安一邊笑著，一邊領著君君到餐桌上用餐。

「我不想吃也吃不下。後天我就要去相親，相親成功之後，就要準備結婚了。」曾君君憂愁之情寫滿臉上。

悅安大吃一驚，手上的碗差點掉下來，說：「甚麼相親，甚麼結婚，別開玩笑了。」

「現在都甚麼時候，我哪有心情開玩笑。」曾君君有氣無力道。

「怎麼會突然冒出相親這碼事來」王悅安不解地問。

「還不是那個江湖術士胡半仙的胡言亂語，就是前幾天他告訴我媽說，今年我有一個劫數，一個危及生命的劫數，如果沒有結婚來沖喜，我鐵定活不過今年，把我媽媽嚇得半死，硬逼著我去相親。」君君在言語中流露出母命難違的無奈。

「我的天啊！都什麼時代了還這麼迷信，真受不了。」悅安既同情又生氣說。

「有甚麼辦法，我媽就是相信這一套，也不看看我長得耳大、臉大，甚麼都大的福相，怎麼會是短命人？算了，說這些都無濟於事，現在還是趕快幫我想想辦法，讓我不會被人相中，才是重要的事。」

「瞧你這副緊張兮兮的模樣，我以為天要塌下來。哎呀！告訴你，你以為自己是仙女下凡，還是如花似玉的大美人呀，男人就會一眼看上你、愛上你，願意馬上娶你為妻?別臭美了！這又不是速食愛情的年代，再說我不相信這世界上會有一見鍾情的愛情故事，所以嘛！你安啦，相親就相親，反正兵來將擋，水來土掩，最壞的打算，就是我把以爾借給你，當你的新郎倌。」

曾君君頓時覺得好氣又好笑：「喂！我是叫你替我想想法子，不是叫你尋我開心。我鄭重告訴你，我對以爾沒興趣，況且常言道『朋友之夫，不可戲』。」

「喂！甚麼朋友之夫，你別濫用成語，本小姐是未出嫁的黃花大閨女，而且我未來也不一定會嫁給以爾。」王悅安大聲抗議。

「好，算我說錯話，對不起嘛！」曾君君一臉無辜。

二人你一句我一句，把話題扯遠了，把相親惱人的事暫拋一旁。

不過君君覺得悅安講得有點道理，這不是一個速食愛情的年代，也不是處處都有愛情神話的事發生，可能是自己想得太多了。

相親的日子終於還是來到了。

君君早已坦然面對相親的事實，只是出門赴約前，母女兩人為了衣服穿著，鬧一段意見不合的插曲。

昭娣今天是抱著勢在必成的決心。

而君君是存著一定要失敗的念頭。

當君君隨興穿著一身帥氣的牛仔裝出來，吳昭娣立刻勃然大怒。

「今天這麼重要的場面，你居然隨便穿，乍看之下像是稚氣未脫的小男生，這副德性，人家怎麼會看上你，馬上去換掉！」

君君也生氣了：「我就是故意這樣穿，穿牛仔裝有甚麼不好。」

「原來你存心和我唱反調，」昭娣盛怒：「既然如此，就不要去，免得丟人現眼，反正你心裡根本沒有我這個媽存在。」

君君覺得媽媽最近變得很多，而且動不動就生氣，令她有點適應不良。

昭娣眼看君君沒有換衣服的動作，心裡十分焦急。但由於時間有限，只好改為溫情的訴求，說：「最近我的情緒一直不太穩定，有時難免心急而動怒，你別生氣，我不是故意的，而且你也知道我的擔心、害怕，都是為了你，因為怕失去了你。」

君君無言以對，沉重的親情包袱，又一次把君君打敗了，她身不由己屈服了。

又是一天的開始。

高立偉一大早起床，就見到媽媽郭淑芬獨自坐在客廳沙發上看著報紙，感到訝異地問：「咦？媽你今天怎麼這麼早就晨跑完回來。」

「我沒有去晨跑。」郭淑芬放下報紙。

「為甚麼，是哪裡不舒服，還是又和老爸鬧彆扭？」

「都不是，我是特地在家等你起床。」

「噢！有什麼事嗎？」他好奇地問。

「傻孩子，沒有什麼事，我只是想再提醒你，別忘了今晚在明殿西餐廳相親的事。」

「什麼！又要相親！」他微微皺眉頭，一副敬而遠之的態度。

「你看，你這個孩子又後悔，星期三我就告訴你這件事，當時你還點頭答應，才隔幾天功夫，你就變了。」兒子的反應完全在預料之中，她一點也不覺得訝異。

立偉漫不經心地回答：「好像是有這麼一回事。」

看他那副不太在乎的表情，她心裡有點不安，擔心今晚他會不會又爽約。

「立偉，這次介紹人是你乾媽，千萬不可以放人家的鴿子，你知道乾媽與我們家是多年的世交，你一定要準時赴約，給她一個面子。」

三十而立的高立偉，能體會媽媽不厭其煩、再三叮嚀的心情，所以就順口說：「媽，我知道了，我會準時赴約，你放心吧。」

聽到他這樣的回答，她立刻放下心中不安的掛慮而開心道：「其實你乾媽為人處事滿謹慎、實在，我相信她的眼光一定不錯。她可不像一般媒人婆，專靠著一張三寸不爛之舌在吃飯，為了達到目的，天花亂墜的吹噓，結果事實往往跟實際差了十萬八千里，令人大失所望。」

高立偉點點頭。只是對於乾媽介紹的對象，他沒有存著任何美麗的遐想，也不願想太多，因為他是位理性多過感性的男人。

「聽說那位小姐今年剛畢業，才大學聯考完而已。」郭淑芬忽然想起這件事。

立偉乍聽之下訝異極又覺得不適當：「哇！這麼小，年紀和我相差這麼多，好像不太好。」他真的很想打退堂鼓。

「是呀！當時我也是這麼想，但又不好意思拒絕，後來想想，反正只是去看一看，吃一頓飯，也不見得會看上眼。再說乾媽也是出自一片熱心，你就別想太多，只要記得晚上準時赴約就行。」她不得不再提醒一次。

高立偉覺得媽媽說的有理，便說：「是的，我已經牢牢記住了。」

兩人互視，會心一笑。

# 3 相親

看著朝思暮想的情人，此刻正坐在我面前，

我的心就像小鹿亂撞一樣停不下來。

高立偉，外表高大挺拔，雖然不是屬於英俊瀟灑型，卻有一種說不出的獨特男人魅力。深邃有神的眼眸，輪廓分明，謙和有禮的談吐，以及穩重的為人處事，令人很自然對他產生好感，留下深刻的印象。這位銀行的襄理仍是單身，是許多女孩心中夢寐以求的對象。常常有人戲謔他是行裡最有價值的單身漢，對此，他常感到啼笑皆非。不是他的眼光高，也不是他願意蹉跎歲月，只是姻緣未到。

雖然過去在感情這條路上，他曾經重重受傷過，為此他怨過、恨過，但他沒有因此而退縮，只是過去的熱情不再，對於感情也不強求，一切順其自然。

但他心中仍然有對愛的渴望。只是一直到現在，他還是等待緣來。

當然偶而也會收到愛慕者的來信，對於那些文采並茂的情書和多情的客戶，他始終淡然置之。他自認是位思想保守、觀念守舊的男人，雖然現在是進步中的九十年代，他一樣無法接受女追男的事情。

今晚，當他準時抵達明殿西餐廳時，掃視一下若大的空間，零零落落的客人裡，卻未看到乾媽吳來娣等一行人。

對於中國人愛遲到，不守時的壞習慣，立偉早已習以為常，他就自行挑個靠窗的地方坐下來。

他輕鬆的瀏覽著富麗堂皇的裝潢，古色古香的燈飾，氣派非凡的壁飾，處處流露歐洲風味，在華麗裡不失高雅，柔美的燈光和那優雅的鋼琴旋律，置身於此，似夢似幻，這份迷人的氣氛，真叫人陶醉。

明殿餐廳這個令人賞心悅目的地方，真的很適合戀愛中的男女，因為在羅曼蒂克的浪漫氣氛裡，更容易激起愛的火花以及讓愛情加溫。

提到相親，他沒有排斥它，只是在眾目睽睽下進行，那場面叫人十分不自在，所以每次的結果，當然都是沒有下文。

有了幾次慘痛的經驗，他怕極這種尷尬的相親方式，而今晚的赴約是人情的包袱，實在身不由己。想得正出神之際，當吳來娣、吳昭娣、曾君君一行人匆匆來到面前時，他卻渾然不知。

吳來娣忍不住叫：「立偉，你在想甚麼？」

高立偉回神站起來：「乾媽，你來了。」

「是啊！讓你久等了，真抱歉！」

「沒有關係。」他客氣地說。

一句沒關係，讓來娣遲到的歉疚感，很快就消失，換成另一種興高采烈情緒說：

「大家坐，我來介紹一下。」

「這是我的姊姊昭娣，旁邊這位是曾君君，我的侄女，今天的女主角。」

他禮貌性的問候：「曾媽媽，君君小姐好。」

曾君君低頭不語，吳昭娣則微笑回應。

「姊！看我的乾兒子，一表人才，是不是長得很稱頭？」來娣得意洋洋。

吳昭娣望著眼前這位年輕人，彬彬有禮，溫和儒雅，工作也不錯，外表跟君君還挺登對，昭娣越看越滿意，真是看在眼裡，喜歡在心裡，高興道：「是啊！」

吳來娣伸出手，放在立偉肩上：「我從小看著他光屁股長大，他除了外表稱頭，人品也是一級棒。」

吳昭娣會心一笑，高立偉卻漲紅臉，尷尬的笑，站在一旁的曾君君卻始終保持事不關己的態度，低著頭不言不語。

大家都以為曾君君是少女矜持，害羞的反應。其實也是故意裝出來，因為她討厭眼前這個男人，所以懶得瞧他一眼。

高立偉對於坐在斜對面的曾君君，充滿了無限的好奇，只是從一見面到現在，曾媽媽一直以銳利的眼光看著他，害他不敢明目張膽地注視君君。

點餐完畢，吳來娣和吳昭娣故意起身要去廁所補個粧。這讓曾君君聽了都傻眼了，高立偉則是大大鬆了一口氣。隨著兩人的離去，她開始侷促不安，不知如何泰然自處。

「你為什麼一直低頭不語？」高立偉首先開破沈默。

君君聽見這聲音，覺得好耳熟，心裡不悅想：「這個人這麼不懂禮貌對我說話。」

因為脖子變得有點酸痛，所以就抬起頭來，正好與立偉目光交會，那一瞬間，立偉驚訝萬分，君君卻忿怒叫：「怎麼又是你！」立即起身要離去。

立偉遲疑片刻，伸手拉住君君說：「請你不要走，算我求你好嗎？」語氣充滿了深情的挽留。

這股怒氣，不是偶發的情緒，是一次又一次的新仇舊恨累積而來。君君也未想到自己反應是如此激烈，看看立偉受到驚嚇的表情，以及低聲下氣誠懇的言語，君君勉為其難讓步了。

掙開立偉的手，坐回原位，喝了一口水，情緒稍微緩和。

不經意抬頭，發現他款款深情的目光，君君很不自在大聲說：「你幹嘛這樣虎視眈眈看著我。」

「你也可以看著我。」他滿臉笑意。

「哦！我沒有這個習慣。」她硬生生說著。

這是她第一次單獨和一個陌生男人面對面坐著，心兒莫名亂跳，好奇怪的感覺，臉兒跟著紅暈透，心裡不由自主擠出不太自然的笑容。

立偉看著臉紅靦腆的君君，深深被吸引，驚為天人，說：「你長的好美，笑起來更美。」

「哦！」她覺得有點噁心，雞皮疙瘩掉滿地，卻又感到飄飄然。

高立偉不知哪來的勇氣，開口說：「剛才再度見到你時，我異常歡喜，終於恍然大悟，明白你就是我夢裡尋她千百度，驀然回首，那人卻在燈火闌珊處的的人兒。」

君君睜大杏眼，不敢置信。

哇！多美的台詞，是有點打動了君君的心。

試圖掩飾內心的那份愉悅，但內心卻悸動不已，使君君很難保持從容不迫的態度，她仍努力裝出一副不屑一顧的態度說：「我想你一定搞錯對象，我怎麼可能是你心目中的佳人，我是不會看上你的，我們一點也不相配，你就死了心吧！」

被拒絕的感覺是不好受，但他並不氣餒，只怪自己太過急躁，收拾一下受傷害的情緒，若無其事，勉強露出笑容：「對不起，剛才的胡言亂語，希望沒嚇壞你，但是我是真心的。」

語畢，立偉立刻陷入沉重的思緒中。

頓時，沉默的氣氛，充滿了壓迫的味道，她如坐針氈般難受不已，時間也變得像蝸牛爬行般緩慢。

還好不久，服務生、昭娣、來娣適時出現，適時解除君君身陷尷尬的窘境，也挽救了她那餓得咕咕叫的肚子。

看到牛排，君君心裡喃喃自語，活到十八歲，今天第一次吃牛排，心裡興奮極了！

吳來娣放下刀插餐具，轉頭問高立偉：「你剛才跟君君聊些什麼？」

立偉難為情的聳聳肩，看一下曾君君，想了又想，一時之間答不出來。

「喂！你還沒有回答我。」吳來娣催促問。

曾君君見狀，立刻替他回答：「阿姨，我們甚麼都沒說。」

吳來娣與吳昭娣異口同聲說「哦」，顯得十分失望。

「沒有關係，等一會用完餐，立偉你就送君君回家。」

來娣擅自作主，為了製造更多的機會給兩人獨處。

「不！不！」曾君君驚呼。

立偉卻對她眨眨眼、笑著。

吳昭娣對曾君君使個臉色：「我們還有事要辦，你就讓立偉送回家，知道嗎？」

看著媽媽的臉色，突然曾君君感到一股莫名悲傷，又一次母命難違。

她沮喪地看了立偉一眼，不意接觸到那炯炯的眼神，感到心神不寧，內心不禁後悔剛才為什麼要幫他說話、替他解圍，真是自找麻煩。算了，讓他送，就讓他送，反正只是送回家而已，我不會讓他有機可乘。媽媽，你是白費心機的。曾君君心想。

一路上，兩人各自想著心事。

到了小港，立偉停下車來，回頭問：「紅毛港的路怎麼走？」

君君愣住了：「啊！你不知道路？」

君君心裡嘀咕著，媽怎麼放心把我交給一個連回我家的路都不知道的男人，再看看附近人煙稀少，雖然有零零落落的路燈照著，曾君君仍然有些害怕，幸好眼前這個男人長的不是青面獠牙，不然她一定會嚇壞的。

「小妹妹，你在想甚麼，看你的表情，是怕我把你吃掉嗎？」高立偉打趣地說。

「甚麼小妹妹，我已經十八歲了！」大聲抗議反駁是為了掩飾內心的心思被看穿了。

立偉笑而不答。

不一會兒，君君看到自己的家在招手，便興奮說：「高先生，我家就在前面。」

高立偉心裡突然產生一個可笑的念頭，希望這一切就此靜止。但幻想歸幻想，還是到了君君家。

她迅速跳下車，轉身說：「再見！」

「喂！怎麼不請我進去坐坐？」他央求說。

「好啊！」她不經思索就回答，但話一出口就後悔了，想到家裡好像沒人在，而這裡是個風情純樸，保守的村落，任何風吹草動的小事，都會傳遍大街小巷。想到此，君君顧忌並婉轉說：「家裡好像沒人在，所以不太不方便。可以改天嗎？」立偉一眼看穿君君的難處，就不再刁難她。

「沒關係！那就改天好了，不然我們去海邊走走。」

從她家門前的小徑，通向海邊，立偉發現這裡房子的坐向，蓋得很奇特，更有趣的是，家家戶戶門前，都留有一條羊腸小徑通往海邊，立偉像發現新大陸般驚奇。

到了海邊沙灘，君君很自然脫掉鞋子，情不自禁向大海奔去，把立偉拋得遠遠的。

美麗的夜色，感動了立偉，把心靈的音符串成了……

海風吹起君君美麗衣
秀髮也隨著風兒飄呀飄！
君君無拘無束跑呀跑呀
快樂得，不停手舞足蹈像位天使
在皎潔的月光照耀下
好像凌雲而下的仙女
美極了，那樣率性的，那樣純真的，
讓人情不自禁為之著迷
當愛的天使邱比特
愛情的箭射向你的心時
愛就變得，沒有辦法解釋

愛的理由，愛的神奇，
只能解讀，那是一種幸福的感覺
愛能改變世界、改變生活的色彩
帶給人無窮的希望，只因愛是無法理喻的東西。

低吟完的高立偉，安靜地坐在曾君君旁邊，欣賞著浪起浪落，傾聽潮來潮往的旋律，那海的呼喚，風的歌唱，在蒼穹的星空、皎潔的月光下，享受著海的盛宴，如詩如夢的令人心醉。

君君打破沈默說：「謝謝你的陪伴，我已經許久未曾欣賞過夜裡的海景，我自認為長得很安全，但是卻膽小如鼠，不敢夜晚裡獨自在海邊聆聽海濤聲，坐看繁星閃閃，細數銀河……。」

高立偉莞爾一笑：「應該是我謝謝你才對，因為你給我這個機會，讓我享受了一個動人的夜晚，發覺海風原來也有溫柔的時候，夜裡的大海竟是如此的醉人。」

她看著他：「高先生，你每次說的詞語都相當優美，但是令我渾身不對勁，我實在不太習慣你出口成章、有學問的話語。」

「我說的都是實在話，沒有刻意咬文嚼字，我所說的都是肺腑之言，一字一句都是真情流露，包括愛上你，一切都是自然發生。」

君君睜大杏眼，一副不敢置信的表情，會不會自己聽錯，還是在作夢？

「看你吃驚的模樣，好像充滿懷疑。」

「不是懷疑，是覺得你有毛病，才會如此胡言亂語，你會把我嚇個半死。」她不客氣答。

「那我要怎麼證明給你看呢？」話一說完，他立即伸手緊緊擁她入懷裡，但立刻被掙脫。

「不！我拜託你，我請求你，放我一馬吧！」她驚魂未定地說：「我不可能愛上你，否則我的大學夢，我的外交官夢，就會毀於你手上。」

他聽了一頭霧水：「我聽不懂你的話。」

她激動道：「如果今天你愛上了我，我就必須馬上嫁給你，那麼我多年的努力，就付諸於流水，我真的不甘心，我不要……」一語未畢，她就嚎啕大哭起來。

立偉這回聽了更迷糊並嚇了一跳，「我承認自己愛上了你，但談到結婚，我想還言之過早，畢竟我不是位新潮的人，無法接受閃電結婚的速食愛情。」表面上這麼說，內心卻不斷自問：「真的嗎？」

「至於你的大學夢，只要自己堅持，是沒有人可以終結你的夢想。」

他的一席話，令曾君君感動莫名，頓時對他刮目相看，開始心生好感，但心中還是十分狐疑，忍不住問：「你說的都是真的嗎？」

「當然！」他斬釘截鐵地說。

「可是我媽說你老大不小，所以急於成家。」她依然不放心。

「我是年紀大了點，可是我還沒有大到，想結婚想瘋了的地步吧？」他不禁苦笑。

「喔！那可能是我搞錯！對不起。」

「沒關係。」他覺得啼笑皆非。

她想到他可能也是被脅迫來相親的，就開始同情他起來。

「對於一個剛參加完大學聯考就跑來相親的人，你不覺得這裡面是否蘊藏著不可告人的動機嗎？」最後那句話故意提高聲調。

「我從來就沒有想過或懷疑過，我認為相親是很單純的事，所以我不知道你在說什麼，有什麼不可告人的動機嗎？」他聽的一頭霧水。

「真的？如果對方相親的動機不是很單純，你會怎麼樣？」她再一次試探問著。

「這個問題……我很難回答你，因為我對任何事很少預設立場，所以我不能想像這種事，若發生在我身上時，我的反應如何？」話鋒一轉，隨口反問她：「你怎麼會問我這種問題？難道你是在說自己嗎？」

「我……我……是的，我只是覺得你是個好人，她們不應該欺騙你。我不知道這樣做是對或錯，我只是覺得你該曉得事情的真相吧……」曾君君深吸一口氣，緩緩說道：「今天我之所以跟你相親，是因為我媽媽聽信江湖術士的話，必須在中秋節前把我嫁出去，否則我將會死於非命，消失在人間，這是算命先生的預言，事實上我也是受害者，而且根本不想結婚、嫁人，我只想讀書而已。」

高立偉大吃一驚，心裡一陣心疼和不安，他自認不是位迷信之人，但心裡還是感覺怪怪的，當然他的愛不會因此而退縮。

見他沉思不語、表情沉重，她著急叫著：「你是不是被嚇壞了？都怪我多嘴！你現在打退堂鼓還來得及。你可以當做甚麼事都沒發生過。」

他握住她的手：「我愛你，我想我的愛是可以包容這一切的。」

她心慌意亂極了！這一切怎麼跟她的想像都不一樣？她迅速掙脫他溫暖的手，一溜煙，跑掉了！

這一夜，她失眠了。立偉也失眠了。

隔天一早，高立偉就跑到電信局拍了一封電報給住在美國的小妹：

親愛的小妹：昨夜我遇到了心中的佳人，請祝福我吧！。

兄立偉

下班後，高立偉直奔家裡，盼望有佳人的消息傳來。

一到家裡，空空蕩蕩，沒有半個人影，難怪今天打了好幾通電話，都沒有人聽，立偉頓時焦慮起來。一轉身，卻發現桌上一張字條寫著：

我兒立偉，你弟立凡，早上來電叫我們二老北上一趟，有急事商量，三日後才會回來，一切請自理。

老爸留

看完字條後，他才不感到焦慮，但腦海卻馬上浮現君君的倩影，不知怎麼搞著，整天腦海裡一直浮現她的一顰一笑，好像得失了魂般。

他輕輕哼著：「我把想你的心，托給飄過的雲，願我讚美的風，帶來喜悅的信。」

他不禁感嘆等待的時刻是何等漫長。思念的時刻，叫人度日如年。他把心中的愛，化成句句的詩篇，串成無限思念：

我的愛人，我的愛人
從我們相逢那一瞬間，
深深了解心中的佳人就是你，
有一種感覺
你是我生命裡需要的人
有一種需要
感覺你將伴我走漫長的路
你的出現

使我從記憶中遺忘了自我
忘了過去的傷痕
忘了自己曾經擁有的夢
你的存在
讓我從印象裡找回春天
看到美夢的笑容
得到歡樂之神的招手
在心裡充滿了你
你佔據了我整個靈魂
有了你，有了你
似乎等於擁有了整個世界
亦等於擁有唯一的寶藏
生命裡不再需要甚麼
生活中不再追求甚麼多餘
我的愛人，我的愛人

用著我全部的愛
用著整個柔情的心
把一生一世獻給你
守護你永遠永遠

高立偉把這首「我的愛人」寄給妹妹高立芳一起分享他的心情。他不怕妹妹嘲笑，也不怕被嫌太噁心，因為妹妹太了解他。

好不容易三天過了，吳來娣跑去高家，劈頭就問：「你們兩位終於回來了，我找你們找的好辛苦，又等得快急死了。」

郭淑芬一頭霧水問：「有甚麼事嗎？」

「當然是有事！」來娣劈哩啪啦說：「關於立偉的婚姻大事。」

她不解問：「立偉的婚姻大事？」

「哎呀！你真是貴人多忘事，那一天的相親，現在人家正等你的消息。」

「哦！原來是這件事，我們兩個老的是沒有意見，只要立偉喜歡就好。」郭淑芬很尊重孩子的選擇。

「太棒了，我就等你這句話！」吳來娣心情大悅。

「我看你這麼開心，像是中了愛國獎券似的。」郭淑芬忍不住開個玩笑。

「這比中愛國獎券還要開心呢！你不知道這幾天，我快要被我姊給逼瘋了，一天打了N百通電話催我，現在搞定，我終於可以鬆一口氣了，哈哈！你們可以準備辦喜事了！」

高人傑、郭淑芬大吃一驚叫道：「這麼快？好像太急了，不太妥吧。」

「哎呀！都甚麼時代，當然越快越好，免得夜長夢多，而且你剛才不是說年輕人喜歡就好？」吳來娣快人快語。

「但是我還沒有問立偉的意思。」郭淑芬不安的說。

「他沒意見。」吳來娣早就問過。

「怎麼可能，立偉會沒意見。」郭淑芬覺得十分狐疑。

「淑芬呀，聽你說話的口氣，好像我在騙你。」

「來娣，你別誤會我的意思，我的意思是說立偉這孩子挺龜毛，怎麼可能這麼快就決定終身大事。還有，我不明白你姊為何急於把女兒嫁出去？」

吳來娣嘆了口氣道：「實不相瞞，是為了給君君沖喜。」

「沖喜？沖甚麼喜？」

「因為算命先生說君君今年有個生死劫數，所以必須在中秋節前結婚，否則會活不過今年！」來娣坦然告知。

郭淑芬是位虔誠的基督徒，認為這只是江湖術士的一派胡言，「都甚麼時代，還信這一套，難道她不怕就此，把女兒的一生幸福給毀了？」

吳來娣十分不認同郭淑芬的想法：「我知道你們是基督徒，只有上帝，甚麼都不信，甚麼也不忌諱，而我們佛教徒對甚麼都是寧可信其有，尤其攸關人命……」她越說越激動。

一旁的高人傑適時打圓場：「大家都是好朋友，何必為彼此的信仰傷和氣。」這提醒了郭淑芬和吳來娣。

「對哦！我們曾經約法三章，不評論彼此的宗教信仰，現在好像犯規了。」郭淑芬不好意思的笑笑。

「真丟臉年紀一大把，動不動就發火。」吳來娣也感到很抱歉。

三人都跟著笑，火藥味的氣氛隨之煙消雲散。

高立偉帶著喜悅的心情回到家。

郭淑芬馬上拉住他問：「立偉，乾媽今天有沒有到銀行裡找你談論婚事？」

「有啊！」他心情十分愉悅。

「那你答應了？」她小心翼翼問。

「口頭上我是答應了，不過我說還是要回來問一下你們的意思。」他高興地說。

「哦。」郭淑芬隨即陷入一片沉思。

「媽，瞧你一副若有所思的樣子，有什麼意見嗎？」

「沒有，只要你喜歡就好。」她感到有些不安。

「可是你的神情有點怪，是不是不贊成這樁婚事？」他發覺了母親的神色有異。

「我不是不贊成，只是覺得太快了點，而且她們是為了沖喜才嫁人，一聽到這個目的，我的心裡就毛毛的。」她還是鼓起勇氣說出心中的看法。

「媽，你忘了你是位基督徒，居然忌諱這個東西。」立偉笑著

「我不是忌諱，是在意它，我不喜歡帶有目的的婚姻。」淑芬道出內心的感受。

「這世界的事是無奇不有，你不要想太多，反正兒孫自有兒孫福，再說實際的情

形，也不是如你想像那樣，請你放心。」

高立偉安慰的話語，令淑芬稍微寬心，但是她發現立偉變了，訝異的問：「立偉你是不是很喜歡她？」

「是啊！自從那天相親見了她之後，突然有了成家的念頭，我也不知道為什麼，或許緣份到了吧！」他真實的表達心中的感覺。

「好吧！一切由你自己做主，我和爸爸都尊重你。但是媽媽希望你再想想看，她是不是神為你所預備的佳人。畢竟婚姻是一輩子的事，你要想清楚。」她不得不再提醒他一次。

「我知道！我會再尋求神的意思，那媽你還心存芥蒂嗎？」

「這個問題，我不想告訴你，但我希望你多去了解她，免得我們為你提心吊膽。」

「好的！我會照你的話去做，讓你們安心。媽，還有告訴你一個奇異之事，在和她相親之前，我就跟她不期而遇兩次，而且每次都是我騎車擦撞她，這難得不是冥冥之中早已註定的嗎？」

「或許這一切真是上帝的安排，媽也希望你有個好姻緣。」她衷心地說。

吳昭娣興高采烈地告訴曾君君高家答應婚事的這個消息，曾君君頓時感到一陣天旋地轉，無法接受這個事實，心裡不禁暗叫：「神啊！為何再一次戲弄我。」

她實在不甘心又不服氣，決定找高立偉談判。

憑著模糊的記憶，她還是找到了高立偉，當話筒的另一端傳來他的聲音時，她竟緊張的說不出話來。

他連續「喂」了幾聲後，沒有回應，正想掛了電話之際，君君終於提起勇氣說，「喂，你是高立偉先生嗎？」

他開心叫：「是君君嗎？有甚麼事嗎？」

她緊張的舌頭也打結了：「我……是想知道你明天下午四點是否有空。」

他興奮的來不及思考便說：「有啊！」

「我想見你，可以嗎？」

「好啊！在哪裡？」

「在我家前面的海邊，不見不散。」她說。

「好的，我一定會準時到……」他興奮的還來不及說再見，她便打斷他的話說：

「謝謝！再見。」

火速的掛上電話，她才發現手心都濕了，全身都是汗。

高立偉欣喜來到紅毛港海邊，遠遠便瞧見曾君君，他立刻三步併兩步跑過去，興奮叫：「嗨！你好！」

她勉強擠出笑容說：「你好，謝謝你能來。」

「不用謝我，其實我也很想見你，而且是時時刻刻的想。」

一湖平靜春水又被掀起了漣漪，昨晚想好的話，現在她竟然不知從何說起。

沉默許久，立偉忍不住問：「今天邀我出來，有甚麼事？怎麼不講話。」

「我……」

「難道今天你約我出來，是你媽的意思嗎？」看她支支吾吾半天，他只好試探性的問。

「不，是我的意思，我媽根本不知道，是我想跟你談談！」她緊張回答。

「你是想談結婚的事嗎？」他直接切入重點。

「是的！」君君無助看立偉一下又說：「為什麼你要答應這件事，你不覺得這樣做很冒險嗎？」她的語氣責怪，卻仍試圖想說服高立偉改變心意。

「我倒不這樣認為，因為我確定自己的感覺，你知道嗎？結婚有時也要有衝動的念頭才行。尤其碰到你之後，這種念頭居然十分強烈，所以我願意冒險，願意配合你媽的要求。」

「不要再開我開玩笑了！」她感到不可思議。

「我沒有開玩笑，我是很認真的，可能是我的態度不夠莊重，讓你產生。我以為和小女孩說話，要輕鬆愉快，否則會嚇壞你。」他態度誠懇地解釋著。

「其實我除了年少時的初戀之後，再也沒有勇氣，坦然面對自己的感情，從那時後，不敢去碰觸愛情，直到遇見你，才再度動了心，對愛不再閃躲，因為我非常清楚妳是我今生的新娘。」

聞言，她感到難以置信：「我有這種魅力嗎？」苦笑了一下，繼續說：「算了！還是先告訴你，我家的故事吧！只是在說出來之前，我有一個要求。」

「不管你有甚麼要求，我統統答應。」他毫不考慮地說。

「不、不，應該說是條件。」君君很嚴肅、慎重的更正。

「不管是要求也好，還是條件也好，一切都ＯＫ」他爽快地說。

「你別答應的太快，等我把它說完，你再做決定，不然你會後悔。」曾君君故意提醒他。

「哈！好的。」高立偉開心笑著：「請說吧！」

「記得我小時候，常常回紅毛港看阿嬤，她總是孤零零一個人坐在騎樓下呆坐，不停對我說，乖孫君君，討海人的命最不值錢，連吃飯都要看老天爺的臉色，連命也是掌握在祂的手中。說到此，她就仰望天空，一聲又一聲的嘆息。所以在我的記憶裡，阿嬤很少有笑容，她的晚年一直沉浸在緬懷過去，而往事又傷痛，因此她過得很不快樂。後來我才知道她從小就是人家的養女，長大後，養父將她賣給捕魚人家當媳婦，她和阿公生了三個兒子後，阿公有一次出海捕魚，遇到颱風船翻，人也死了，從此又被婆婆指責，命硬剋死丈夫把她趕出門，還好阿嬤從小在艱辛困苦的環境長大，磨練出刻苦耐勞又認命的個性，明白自己只有堅強、勇敢面對未來，面對生活，因為她有三個孩子敖敖待哺。阿嬤真的很勇敢，居然能在一個保守的漁村定居下來。不畏鄰居的冷嘲熱諷，暗暗忍受守寡的孤寂和困苦，而含辛茹苦的把三個兒子拉拔長大。原以為下半輩子有了依靠，誰知生活在靠海的漁村，命中就是注定以海為生。其實這也沒甚麼不好，唉！只是大海有時是很無情的，它能讓人生，也能讓人死，或許是人太渺小，戰勝不了大自然的力量罷。接下來大伯新婚不久又上船捕魚，不幸發生船難死了，伯母受不了打擊發瘋而死，同樣的悲劇發生在二伯身上，就這樣眼見兒子一個一個相繼出事，身葬大海，教她如何不怨嘆命運，怨天尤人。」曾君君娓娓道來。

高立偉激動插嘴道：「為什麼她當時不阻止第二個悲劇發生。」

她幽幽說：「一個生於漁村、長於漁港，注定靠海吃飯、以海維生的人，沒有一技之長，離開海之後，該如何生活？」

他內心相當不解，為甚麼討海人明知道自己的工作是拿生命作為賭注，但為了生活卻不懼怕，執著選擇這條朝不保夕的頭路。

「你阿嬤好可憐，討海人也是一樣。」他心有戚戚焉地說。

「討海人不是可憐而是無奈，甚少有選擇工作的權利，而阿嬤不止是可憐，是命太多乖又坎坷淒涼，上帝總喜歡開她的玩笑，讓她一次又一次擁有美夢，而後卻又一個又一個讓她夢碎，嚐盡人間的悲歡離合與痛苦折磨。不過我媽也是很可憐，年紀輕輕就喪女，好不容易走出喪女陰霾，又喪夫。雖然我爸爸是阿嬤唯一倖存的兒子，所以多少的希望和夢想全都寄託在爸爸身上，但很不幸爸爸卻遺傳了阿公的隨性、樂天的個性，是個不忮不求，很容易滿足的人，始終無法光耀門楣，讓阿嬤失望透。而且我媽媽沒有生到兒子來延續曾家香火，使她認為對不起曾家的列祖列宗，為此耿耿於懷、鬱鬱寡歡，不諒解爸爸也不喜歡媽媽。不管媽媽如何費盡心思討好她、迎合她，阿嬤始終討厭媽媽，排斥媽媽，不願意和媽媽說話。乖舛的命運造就阿嬤悲觀的人生，即使到了晚年依然跳脫不出來，而不願與我們同住，寧可一個人孤伶伶一個人，住在紅毛港過日子。後來媽媽不忍阿嬤一人孤苦的過日子，所以才搬回紅毛港。爸爸很幸福能娶到一個賢淑的老婆。凡是以先生為主，一切以他為天、為地，永遠無怨無悔的支持他的理想，而今換來卻是終生的孤寂，叫她情何以堪。」君君忿忿不平說著：「所以我恨爸爸的自私，為了實現自己的夢，賠上自己的生命，也埋葬媽媽的歡顏。」

立偉問了一個耐人尋味的問題：「你媽媽也恨你爸爸嘛？」

君君回想一下答：「不會。因為她是位非常傳統的女性，認為嫁雞隨雞，嫁狗隨狗，丈夫就是她的一切，她根本不會想到責怪先生，只會自艾自怨自己的命不好，反正女人的命就像油麻菜仔，做不了自己的主人。」

想到此，她不禁顫抖著，仰望著天恐懼地說：「我好怕自己步上和媽媽一樣的後塵。」

高立偉把曾君君緊緊擁入懷，柔情地說：「請你相信我，今生今世我絕不會留下你獨自生活。只要你願意給我這個機會，我一生一世也不會離開你。」

「真的？」她感動得痛哭流涕：「可是……村裡的人，一直傳說，我們家曾經被人咒詛過，世世代代的女人都是寡婦命。」她吞吞吐吐說出令人驚訝的秘密：「世世代代的婚姻一定是相親而來。」她心中有所懼怕。

「你是故意要嚇唬我，逼我打退堂鼓，對不對，哈！你看錯人，我是不信那一套的，你別白費心機。」

「我沒有騙你，你看我媽媽的婚姻也是相親而來的。」君君為了證實自己的話不是虛假，特地舉例說。

他忍不住的笑：「你真是可愛極了，從前是農業社會，那麼保守，也沒有甚麼就業機會，所以沒法在外拋頭露面，或參加任何社交活動，當然沒有機會交到異性朋友，所以終生大事只好靠相親牽成。」他繼續說：「再說你應該感到十分高興，不費吹灰之力，居然就擁有如此棒的老公，這是上帝對你的的厚愛。或許是你們佛教因果說，應該是你上輩子燒了很多好香，做無數功德而修來的福分吧！」立偉滔滔不絕地安撫她，這才發覺原來自己如此能言善道。

冷不防的立偉偷吻君君一下。

「啊！你好壞！色狼。」她大聲叫。

這引起沙灘上許多孩童的側目，害得曾君君既耽心又難為情：「喂！你不要這樣，萬一被左右鄰撞見，那多不好意思。」

「反正你都要成為我的新娘了，那有什麼關係，我巴不得全世界都知道你是我的老婆。」

「喂，你不要左一聲新娘，又一聲老婆，我又沒有答應要嫁給你。」君君生氣了。

高立偉一陣驚愕，他以為已擄獲她的芳心，原來是自己自作多情，他很沮喪地癱坐在沙灘上。

這個舉動令她不知所措，憂心地跟著蹲下來，對著立偉說：「你的臉色怎麼那麼難看？」

高立偉沉默不語。

她一時情急哭了起來：「為什麼你們大人都這麼愛生氣、喜愛聽話的孩子，只要我一反……」她抽搐著：「從小到大，我一直是爸爸、媽媽、老師們眼中聽話的乖孩子，其實我不是真的乖寶寶，只是我常常害怕，擔心大人們生氣、難過，所以我不敢說出內心的真話。而現在我說實話，你就生氣了。我討厭你們大人這樣子！」

「我沒有生氣，只是感到挫敗而已。」他難過的勉強露出微笑。

「這是真的嗎？」她破涕為笑問。

「真的，我只是自我嘲諷，怪自己愛自作多情罷，心裡真的沒有任何的不悅。」

「沒騙人？」她再一次確定。

「大人是不會騙小孩的。」他單手舉起保證著。

「那可不一定吧！」她天真無邪地笑了。

語畢，君君馬上懊惱失言，很無辜的笑：對不起，我又說錯話。

高立偉笑笑，轉移話題說：「你的故事，講完了嗎？」

她搖搖頭說：「快完了，但現在我能不能問你一個問題？」

「嗯，可以。」

心裡雖然羞怯，她還是難為情說：「我覺得自己長的很醜，醜到自己都不敢照鏡子，你怎麼會看上我這種醜女人，我真的搞不懂，你怎麼看得上眼。」

「好奇怪！我長這麼大，從來就沒有遇到一位承認自己長得很醜的女孩。」高立偉感到很納悶。

她天真率性地反駁：「那一定是你遇到的，大概都是漂亮的女孩。」

「不不，我從來就沒有遇過比妳漂亮、純真的女孩，當然每個人的審美觀不一樣，但在我眼裡，你的單純就是最美的。為何會中意妳，我想是緣份，或是前世的約定吧！」

曾君君似懂非懂的點點頭，眼眸不經意和他深情的雙眸交會，瞬間一股電流流過心頭，嚇的收回視線。

「但是你要明白這樁婚事是帶有沖喜的意圖！」她真的不忍心欺瞞他。

「我知道，我一點也不介意。」他心平氣和道：「我能諒解你媽的心情，一個歷經多次至親摯愛的死亡，人總會變得相當脆弱，無法承受又一次失去親人的打擊，只是最可憐是你，也難為你了。」

她聽在耳裡、甜在心裡：「謝謝你！」

「現在，你還是一樣不願意嫁給我嗎？」他試探問著。

「我想這個答案，已經不重要了，反正我敵不過我媽媽的一把鼻涕一把眼淚。」

她無奈聳聳肩：「只是心有不甘就此屈服。」

「現在你是我唯一的救星。」君君綻放希望的光芒說：「我真的好想讀大學，你放了我好不好，那我會感激你一輩子的。」

「你言重了！」他笑笑。

「哎呀，我的意思是希望你拒絕這樁婚事，那一切就沒事。」

傻女孩，你真是太天真了。他心想。

「我當然可以拒絕這樁婚事，但你媽會善罷甘休放過你嗎？難道我拒絕之後，會沒有下一個高立偉來代替嗎？」他不得不提醒她。

高立偉的一番話讓曾君君又陷入失望的情緒中。

「別難過，如果你願意嫁給我，我會尊重你，讓你有自由的空間。我只求能天天見到妳，那我就心滿意足。」他緊緊握著君君的手，說出心中的深情和誠意。

她大大震撼：「我是不是在作夢，還是你瘋了。」

「我沒有瘋，你也不是在做夢，我是真心真意的愛你、想娶你。」他語氣相當堅定。

「我真的不敢相信，這世界上怎會有你這樣奇怪又笨的人。」她不敢置信地眨了眨眼。

「我覺得自己並不奇怪，我只是選擇和堅持所愛，我也不認為自己笨，我是心甘情願為自己所愛的人付出，」為了證明自己的承諾沒有半點虛假，高立偉舉手作勢：

「我可以發誓，上天為證，大海為憑，我高立偉……」

突來的舉動嚇壞了君君，她最憎恨人家發誓，在她的直覺裡，發誓的話語，最後都會變成魔鬼所利用的咒語，她怕極了，連忙制止他：「我相信你就是。」

「可是一想到結婚，我就頭皮發麻，因為目睹太多村裡的女人結婚後，每天總有做不完的家事，活著好像只是為家作牛作馬，比較幸運的，可以到外面作工，但辛苦一天回到家，全部家事還是一樣一肩挑，多可怕呀！還有我實在不能想像結完婚後，就要和一個陌生男人住一起，那恐怖呀！」

「傻女孩，我家雖然不是有錢人家，但是也不需要你拋頭露面在外工作，而且人口簡單，絕不會有機會讓你作牛作馬。還有我要糾正你一點，你要往正面想，能跟一個心愛的男人生活在一起是何等的幸福！而且我爸爸、媽媽觀念十分開明，沒有養兒防老的舊思想，他們認為養兒育女只是義務，孩子大了可以選擇自立門戶，如果大家能住在一起，是一種福氣，即使不能也不勉強，只要年輕人快樂就好。」

「我好喜歡你的開明父母，真想立刻見到他們兩位老人家。」君君感動又羨慕著。

「那我現在就帶你去。」他興奮地說。

「不，不，現在不行，我怕媽媽知道會大發雷霆！」她忽然想起媽媽的叮嚀，抱歉地說。

「為什麼？」

「我也不太明白，只知這是習俗的禁忌。」

「又是哪裡的爛習俗，我怎麼都沒聽過。」他覺得莫名其妙。

「我也不知道，有很多禁忌，不是我們所能理解，請你不要為難我。」

「好吧！」他感到莫可奈何。

「謝謝！」她對他的不再追究十分感激。

她最怕別人勉強她，因為去與不去都會讓她左右為難。

把這幾天煩惱的事告訴高立偉後，曾君君心情頓時豁達起來說：「跟你聊這麼久，我發覺你真是一個好人，我對你的印象也改觀了。只是我還是懷疑，我們倆在沒有感情的基礎下，彼此又不了解，這樣結了婚，是不是很冒險。」

「是有一點，但我喜歡這個賭局。再說婚姻本來就是一場賭注，也是一種冒險，但我有信心讓這樁婚姻幸福美滿。」他自信滿滿地。

「還有年紀上的差距，你有沒有慎重思考過？」她又提出疑慮。

「年齡不是問題，最重要是我愛你，愛能包容一切。」

說著。

「可是我什麼都不會做，什麼事都不懂，我擔心有一天當你愛我的感覺消失了，那時你的耐心、包容心都會不見，萬一你開始嫌棄我，那我會很可憐。」她可憐兮兮地說著。

「你太杞人憂天，想了太多，也太悲觀，這不是好現象。你才十八歲，卻有三十歲的思想，太早熟會使自己過的不快樂。」高立偉哈哈大笑。

「不是我太早熟，而是我對自己太沒信心。再加上親眼所見，好多老少配婚姻的不幸，那血淋淋的畫面，一直盤據在我腦海。」

「其實，凡事常常往好的方面想，往好的方面看，你的人生觀就變得比較豁達。你可以試試看，調整一下自己的心態，一切都會海濶天空。至於你什麼事都不會做，那有甚麼關係。我可以教你，我也可以幫你做，總有一天你也會長大，到時候你就甚麼都會。」他試圖安慰著她。

她感動得熱淚盈眶，情不自禁獻上一個吻，但馬上就後悔自己忘了女孩的矜持。沒辦法，她是一位感性的人，很容易被人家小小的一言一舉的窩心行為所感動，有時被感動的，掏心掏肺給人家，而當激情過去，總是十分懊悔自己失序的行為。

曾君君漲紅臉說：「天色暗了，我要回家了，再見。」就一溜煙跑了。

害立偉措手不及當面問君君，但這個問題對他來說太重要，所以就顧不得沙灘上的孩童們而大聲問：「傻女孩，你現在願意嫁給我吧？」

君君轉身停下回答：「非常願意，但你別忘了你的承諾。」

沙灘上留下欣喜若狂的高立偉。

# 4 結為連理

每一個人生下來都不完美，就像有了缺口的圓圈一樣，
我們都試圖找著這樣的一個人，來填滿我們生命中的缺口。

昨夜的曾君君睡得特別香甜，一大早來到悅安家，看到還在被窩裡睡的悅安，忍不住大叫：「懶惰蟲！太陽曬到屁股了，還在睡！」

王悅安睜開惺忪雙眼說：哎呀原來是你，我還以為是何方神聖駕臨，膽敢吵醒本姑娘的睡覺。有甚麼驚天動地的大事發生嗎？」

「你快點起床嘛！你忘了早起的鳥兒有蟲吃嗎？」曾君君一直催促

悅安懶洋洋伸個懶腰，打個哈欠：「誰說的，應該說晚起的鳥兒才不會被蟲吃。」

「好啦！不跟你抬槓，告訴你，我要結婚了！」曾君君大聲地說。

「什麼！你說什麼！」王悅安大吃一驚，差點摔下床。

「我、要、結、婚、了！」曾君君故意一字一字念。

「是真的還是你在尋我開心？」王悅安驚訝的大叫，並立刻躍坐起床。

「你幹嘛！這樣大驚小怪。」曾君君鎮定地說。

「哇塞！這麼大的事，瞧你一副若無其事的模樣，你到底是不是人呀！」王悅安激動地說。

「那我要怎樣？」曾君君一副無可奈何的表情。

「你真的相親成功，那個的男人居然看上你，真是太不可思議了！」

「我自己也難以置信，一個醜得可以的女孩，居然也會有人喜歡，真是命呀。」曾君君有點感慨。

「你不是想讀大學？還有許多未完成的夢想，怎麼辦？」

說到君君心坎的大事，頓時她的眼睛也跟著發亮，精神也來了：「他願意讓我上大學讀書，還說一切尊重我的選擇，給我自由的空間。」

「天呀，好大一個甜蜜謊言。」王悅安感到懷疑，口氣充滿嘲諷。

「這是真的，他昨天親口答應。」曾君君心喜且深信不疑。

「可憐的君君，你是不是被老媽逼瘋了，連這種謊言你也相信，天下哪有這麼好的男人，願意婚後讓老婆繼續讀書，你以為你是誰，楊貴妃再世？還是趙飛燕轉世？真是太好騙了。」

君君心情開始往下沉，懊惱自己怎麼這麼天真，竟然相信一個初識的男人。

「瞧你的，我才說一兩句，你的信心就崩潰了，真是沒用的女人。」王悅安緩緩地繼續說：「放心！你臉大耳大，標準福氣相怕什麼。不過我倒想見見那個男人，是如何把你騙到手？」

「你最討厭，只會拿人家窮開心，搞得我心頭亂糟糟。」

「你少栽贓給我，誰不知道待嫁女兒心的心情，都是忽上忽下，心頭既期待又怕傷害。」王悅安一副經驗豐富的樣子。

「你嫁過嗎？」曾君君反譏回去。

「我……」王悅安啞口無言笑出來：「你很討厭，真是狗咬呂洞賓，不識好人心。」

曾君君笑了。

王悅安也笑了。

放榜了，真是幾家歡樂幾家愁。

曾君君見王悅安一臉垂頭喪氣，小心翼翼問：「悅安，你還好吧？」

「還好！只是被罵的狗血淋頭而已，不過一看到你，我心情就好起來。」悅安很快一掃臉上陰霾笑了起來。

「我真佩服你哭笑自如，是天生演員的料。」曾君君逗弄。

「去你的，敢嘲笑我。」驀地王悅安眼睛一亮：「其實當演員也不錯，可以成名。」

「你越扯越遠，腦袋瓜都不知道裝甚麼東西，難怪你媽會常罵你讀書不專心，考試老是考不好，這次聯考，想必……」

悅安打斷君君的話叫著：「說到這個我就生氣，我好不容易金榜題名，她居然罵我，說考上那什麼爛學校，科系又差，太辱門風，太沒用、太沒出息。這是什麼話？太傷我的心了。」她愈講愈生氣。

「你媽怎麼可以說出這樣惡毒的話。」曾君君打抱不平地說。

「對嘛！沒有肯定我的努力也就算了，居然踐踏我的自尊，算了！我媽從來就不會讚美自己的孩子，最可悲的是她到現在還沒覺醒自己女兒的資質就是如此的程度。」王悅安難過得不禁自我解嘲一下。

「你別傷心，明年重考，讓你老媽刮目相看。」曾君君替她打氣。

王悅安苦笑著：「算了，這真的很難，我做不到，你也知道我不是讀書的料。再說我不想把時間浪費在讀書上，我一直認為每個人頭上有一片天，而出人頭地的路又不是只有讀書這一條路可走，這是我所堅信的。現在的我，最想做的事，是賺大錢。實現我老媽的夢，討她歡心。對於你的安慰，我還是很感謝。」

「從認識你至今，始終覺得你很與眾不同，有自信、有主見、有勇氣、有理想、很清楚自己要什麼的樂觀女孩，我相信有一天，你一定會出人頭地。」

曾君君的這番話，讓王悅安內心漲滿了感動：「謝謝你，還是你最了解我。」

「不管你的決定是什麼，我永遠支持你。」悅安緊緊握住君君的手，彼此會心一笑，在無聲的交會裡心靈充滿相互給予的愛和祝福，一股暖流滋潤了兩人心坎。

「對了，以爾考的怎樣？」她忽然想起。

「那還用說。」王悅安吃味答。

「那他為什麼沒來看你？」

「是我叫他別來的。」王悅安懶洋洋地回答。

「為甚麼？」曾君君十分不解。

「我心情不好，不想讓他成為我的出氣筒，現在的我，只想要一個人安靜。」王悅安了解自己的軟弱，也不願自己低落的心情，帶給人家傷害。

「你不想讀大學，預備作什麼？」君君擔憂起來。

「做事！」

「你又沒一技之長，能做什麼，還有你媽會答應嗎？」

「你真討厭，居然說中人家的隱憂。」王悅安白了曾君君一眼，嘟起嘴調皮說著，但內心卻是迷惘。

面對這些煩人的問題和殘酷的事實，令悅安有些害怕，但她沒有逃避的念頭。反正該來的總是會來，只是遲早的問題，這個決定將是她人生的轉捩點。

「算了！我不想把煩惱擺放在前面，你對我要有信心，相信一切都會隨著我的堅持迎刃而解。」王悅安一派樂觀：「反正我這生最大的夢想就是賺大錢，成為有錢人。我相信我一定可以成功。」

曾君君點點頭同意。

看了一下錶，曾君君嚷道：「時間過的真快，才一下子就中午了，我得回家去。」她神情慌張起來，急欲離去。

望著君君漸漸消失的背影，王悅安內心突然湧上一陣莫名惆悵與失落感，或許是傷感這一別將是何日君再來。

聯考的不如意，令悅安情緒低落數日，不是因自己考得不理想，而是媽媽尖酸刻責的說她沒用、沒出息等，傷透她的心，害她當時真想從地表蒸發的無影無蹤。

只是聯考考得不好，但這並不代表她這個人就沒有活著的意義和價值。媽媽狠毒的話，在她腦中不斷盤旋。媽媽真的愛她嗎？還好有君君、以爾的支持和安慰。以爾為了她，特地要求父親一定要和悅安談一談，甚至希望父親能在公司裡安插個職位給悅安，給她一個機會讓她的專長有所發揮，美麗的理想得以實現。讓她對他的真心對待相當感動。

終於到了她和蘇國眾見面的日子。

推開董事長辦公室的門，看見蘇國眾正低頭在辦公。

「蘇爸爸您好，你找我有何事嗎？」王悅安畢恭畢敬地問。

「坐，別太拘束」蘇國眾臉上堆滿笑容地說：「聽以爾說你不要唸書，想開始工作嗎？」

「是的，我想賺大錢。」

「是因為家裡需要錢嗎？」

「還好，是因我想滿足媽媽當有錢人的願望。」

蘇國眾大感意外。

「好一個當有錢人的願望，真是初生之犢不畏虎，勇氣可嘉。可是賺大錢並不是容易的事，你為什麼不先唸完大學，到時再賺錢也不遲，因為錢隨時都可以賺，讀書就不一樣，一旦錯過就很難回頭。」他不忘提醒她。

「我怕年紀越大，越沒鬥志。」她一副老氣橫秋的模樣。

「悅安，賺大錢可不是你想像中那麼容易。」

「我知道，所以我才要趁著年輕有本錢時去闖一闖，即使失敗，仍然有體力做別的事。」她一副初生之犢不畏虎的說著。

「那你想做甚麼？」蘇國眾好奇地問。

「我對飾品的設計相當有興趣，自認有點天份。」她拿出隨身攜帶在身上的作品和一份簡略的企劃書，遞給蘇國眾過目。

「嗯！是做生意的料子。」蘇國眾讚許不已地說：「好，你就來我公司上班，我給你一個賺大錢的機會。」他相信自己的眼光。

「真的！」悅安作夢也沒想到，興奮之情，溢於言表。

「你別高興的太早，做不好一樣會被炒魷魚。」他表情嚴肅地提醒她，自己是位公私分明之人。

「我知道，我會全力以赴。」王悅安認真地說。

「嗯！很好，不過我還有一個條件。」蘇國眾神秘的笑。

「什麼條件？」她忐忑不安地問。

「你和以爾要先訂婚。」

「為什麼？」這個答案出乎她的意料之外。

「首先是要安定人心，其次則是肥水不落外人田啊！」蘇國眾哈哈大笑。

「蘇伯父您真愛說笑。」聽了蘇國眾的話，王悅安不禁臉紅了。

「我是說真的，這樣做是希望你能心無旁騖地為我們公司打拼。」蘇國眾理所當然地說。

「謝謝蘇伯伯的抬愛，這我不能做主，要問我媽的意見。」王悅安心裡雖然高興，但還是考慮到媽媽的心情。

「那你的意思呢？」他打趣地說。

「可以。」她低著頭羞澀地回答。

「太好了！」蘇國眾眼看大事底定，不禁眉開眼笑。

結婚是人生一大喜事，但對曾君君來說，並沒有特別的喜悅。

當跪別母親、被新郎扶起時，她才猛然驚覺這是真的，不是夢裡。睜大眼睛，看著眼前這個男人，突然覺得好陌生，好可怕。她顫抖得哭了，因為她的內心實在充滿太多的恐懼。

別人以為她是捨不得相依為命的媽而哭。天知道呀！她是為茫茫的未來在哭。此時此刻的她，只有一個念頭，就是想逃之夭夭，逃開眼前的一切。只是她缺乏一股強大的勇氣罷。

坐上了新娘車，心裡一片茫然，流下無奈和悲傷的眼淚。隔著頭紗，她冷冷地凝望車外熱鬧烘烘，好像全村的人都圍過來、湊熱鬧，並順便品頭論足一番。

其中有個婦人婉約的語氣說：「這個有錢人的女兒，長得很漂亮，不知命是否像臉蛋一樣好。」好一句耐人尋味的話。

哭紅雙眼的媽媽站在新娘車後，正等待車子的啟動出發，要潑水，討個吉利。

車出發了，窗外的三姑六婆長輩們，開始喊新娘趕快丟扇子，希望新娘把婚前一切壞習慣等……統統留在家裡，到夫家一切都是好的開始。曾君君卻在心裡暗自解讀，這一切都只是掩人耳目的把戲而已。

君君恍恍惚惚，就順手把扇子往外一扔，不經意抬頭看到車外四周，一大群不識愁的小孩，不管男生或女生，爭先恐後，在前面，在後面，甚至與車並行，追逐嬉戲，興高采烈叫著，笑著。

這種景象，讓君君不知不覺的掉入時光的隧道，回想起孩兒時的她，也是和他們一樣愛湊熱鬧，每當村裡有結婚喜慶迎娶時，總喜歡跟在新娘坐的大紅轎子後追趕跑跳碰，有時學著媒婆大搖大擺的走路姿勢，有時學著轎夫們氣喘呼呼的勞累樣樣，有趣極了。看到紅轎裡的新娘戴冠披霞，一身紅咚咚，艷麗照人，恍若仙女下凡，真是美麗的畫面。在自己小小心靈裡產生渴慕之情，盼望將來長大嫁人時，也要像他們一樣裝扮漂漂亮亮，然後風風光光、熱熱鬧鬧坐著紅花轎，在響徹雲霄的鞭炮聲中，繞著村子一周，受到大家的祝福和讚美，這將是何等的美妙和幸福呀。

如今這個美夢不但成真了，甚至更風光。只是她沒有一般新嫁娘的興奮。

在她心裡五味雜陳，說不上是悲，是喜，或許結婚的心情和夢幻中大不相同，她是出於被迫，像似傀儡般任人擺佈，這叫她如何感受到甜蜜的滋味？和如何對愛有著某種期待？

嘆口了氣，想想人家說女人的命就像油麻菜仔，自己是無法主宰自己的命運，還是認命吧，反正開開心心也是過一天，而悲悲傷傷也是過一天，那就選擇前者吧！當我們不能主宰自己的命運時，為了殘存的未來人生，只好在宿命論下，掙著腦海思想裡僅有的自由，哪怕是一絲，也是快樂的。她只能這樣自我安慰。

當車子抵達了莊嚴、美麗的教堂，她君君吃了一驚。她從來沒有關心過宗教這個問題，現在才覺得自己好無知，荒唐到連身旁這個枕邊人的一切，也是所知不多，包括宗教信仰，她也是現在才知道，自己真的很大膽，就這樣糊裡糊塗嫁給他，這叫她如何不害怕，不禁對自己的未來捏一把冷汗。

踏上紅毯的末端，來到神父的面前，當著十字架前承諾，她願不願意嫁給高立偉，恩恩愛愛相扶一生時，她忍不住看了高掛在牆上的十字架和高立偉一眼後，照著台詞應聲：「願意。」

彷彿願意是她唯一的路。

但她喜歡這種肅穆、莊嚴、神聖的氣氛。

一場漫長累人的婚禮，隨著時間的逝去，漸漸進入落幕的尾聲。

當賓客逐漸散去後，吳昭娣意識到自己也該回家，因此轉向親家公、親家母道別。

「時候不早了，我該回家去了。」她跟曾君君說，接著轉向高立偉：「我女兒就交給你，希望你好好疼惜她，謝謝你。」

吳昭娣眼眶濕紅，為了掩飾內心不捨與離別的痛苦，就轉身迅速離去。

君君叫：「媽，等一下，你走了，我該怎麼辦，我可以跟你回家嗎？」她幾乎要哭出來了。

「傻孩子，從現在起你就是高家的人，當然要回高家去。」吳昭娣心痛極，強忍心中的難過說。

「不！我不要回高家，我求求你，別丟下我好嗎？」曾君君已近乎哀求的語氣。

見女兒年少純稚，臉上寫滿了無助、害怕的表情，頓時後悔自己一時的迷信，更憎恨自己的狠心。

如果一切能重來，她寧可……算了，現在一切皆成定局，昭娣哽咽安慰君君：「媽媽愛你卻對不起你。你要勇敢面對這事實，立偉是個好男人，一定會善待你，你不要怕。」她迅速抽離君君的手轉身走掉，因為她擔心自己的眼淚不聽使喚而潸然淚下，更害怕自己經不起君君的哀求而崩潰。

母親決然地離去，讓君君當場愣住了，淚水立刻像決堤般流下。

一旁的高立偉看在眼裡，疼在心裡，憐惜的伸手拭去君君臉上的淚珠，溫柔擁在懷裡說：「有我在，你別害怕。」

從飯店回到高家，曾君君整個人呆茫茫。面對這新的環境，新的家人，慌張的不知所措。

高家兩老看在眼裡，卻很疼惜：「君君你累了一天，趕快去洗澡，早點休息，立偉你帶她進房去。」

這讓她好感動、好窩心。

高立偉興高采烈地帶領她熟悉家裡的環境，幫她放洗澡水、遞毛巾、拿衣服等，忙的不亦樂乎。因為他覺得為心愛的人做事是件快樂無比的事。

一切皆就緒後，他打了個哈欠，伸個懶腰，準備上床，正當要躺下來，床上的曾君君嚇了半死，本能反應驚叫：「你不能睡在這裡！」

他被突來的尖叫嚇得跳了起來，驚愕道：「為什麼？這是我的床。」

「因為從小到大，我一個人睡習慣了，真的不敢跟你一起睡。」她支支吾吾地說出口。

他這才恍然大悟，整理一下難堪的情緒後，說：「傻女孩，我不是陌生的男人，我們是夫妻，本來就要同床共眠。」說完順勢沿著床躺下。

曾君君立刻爬起床：「我讀過很多書，卻不知道結了婚的男女一定要睡同一張床，因為書上沒有講清楚。」

高立偉聞言，差點昏倒。他真的難以想像這世上竟然有如此天真的女孩，連夫妻最基本的相處之道都不知道，讓他不禁自問：「自己是否在殘害幼苗。」

見他沉思不語，她很識相的拿件被子走到沙發椅說：「床讓你睡，我睡沙發好了。」

被她一片純情且善良的舉止所感動，一股強烈憐惜之情讓他決定不再勉強她，遵守傳統夫妻同床共眠的定律：「你真是一位非常可愛的天使，難怪我會瘋狂愛上你，我願無怨無悔為你做任何事，所以我來睡沙發，你去睡床。」

「不行！這是你家，又是你的床，當然是你睡床上。」曾君君客氣地說。

「我們別再讓來讓去，否則天亮了，我們誰也沾不到床，那不是白白便宜了床。」他笑著說。

她順從點點頭說：「謝謝你，你真是一個好人，我會感激在心裡。」

他啼笑皆非：「我不要你的感激，我只希望你快點長大，讓我睡在床上。」

她似懂非懂，含羞帶怯的點點頭，帶著滿足的笑容進夢鄉。

高立偉則整晚輾轉難眠。

今夜是洞房花燭夜，為了心愛的人，他必須跟自己的生理需要交戰，真是難挨又漫長的一夜。

結婚第二天是女兒歸寧的日子。

吳昭娣非常低調，不願驚動親友，更不想讓人知道急忙嫁女兒的苦楚。所以把它延期，想等君君懷孕生子後再補請喜酒，只是不知是何時吧。

因此，曾君君就放心一直睡，當醒來時，已經艷陽高照了，近中午了。她大為緊張，想到這不是她家，並自責自己太放肆，而且她的身分是為人妻，為人媳，要知道分寸和懂得進退。想到這裡，她立刻從床上躍起，正巧撞到立偉，君君不悅說：「你在這裡幹什麼？」

「我正在欣賞一位睡美人。」

「完了！我的睡相是超級醜，像隻大蝦米，縮成一團。」她忍不住驚呼。

「一點也不醜，只是很誘人而已。」他笑瞇瞇地說。

「你說什麼？」迷糊的君君，聽不出話中的含意。

「我說我們倆有嚴重的代溝。」立偉自嘲說。

「真的，那怎麼辦？」天真的君君信以為真。

「只要你現在親我一下，大聲說老公我愛你，保證一切都ＯＫ。」立偉故意捉弄她。

「那太噁心，我不敢，你換別的法子。」她覺得難為情。

他嘆一聲說：「真令人沮喪，我的愛人居然這麼不上道，真是白搭一場。」

「原來你是在捉弄我，」她雙臉暈紅，說：「我看你長的很正經，但說起話卻很不正經，我不喜歡這種人。」

「好嘛！我以後會注意，來吃早餐吧。」他笑著說：「你看豆漿、包子、燒餅都涼了，我去熱一下。」

望著眼前豐盛的早餐，以及他體貼入微的表現，她忽然覺得自己好幸福。

回想過去的歲月生活週遭的環境，完全是男尊女卑的現象。女人是來服侍男人的，而今這種被疼惜的感覺，真是窩心極了。

想著想著淚水就流出來，他一看見，就說：「你怎麼又哭了？」輕輕拭去她臉上的淚珠：「是不是想家？」

她搖搖頭。

「那是哪裡不舒服？」

「都不是，是你太令我太感動。」

「哦！我做什麼驚天動地的事，可以告訴我嗎？」他故意耍嘴皮子。

「是你的愛心早餐。」她用手指著。

「天呀！這麼芝麻綠豆的小事你就感動得痛哭流涕？我如果做再大一點，你的眼淚，不就像自來水唏哩嘩啦，搞不好像黃河的水，好像流呀流不盡。」

她破涕而笑：「為什麼你這麼好，願意服侍我？」

「我最愛的寶貝，我不只喜歡侍候你，更喜歡奉承你，知道嗎？這樣你才會知道我愛你有多深。這不是開玩笑的，老公侍候老婆是代表疼愛，那老婆服侍老公是代表體貼，這是最基本夫妻的愛。」

曾君君紅了眼眶，壓抑著不敢哭出來。

突然，廚房裡傳來炒菜聲。

她馬上告訴他：「我不要吃了。我要去廚房幫媽的忙。」

他滿意又驚喜：「好啊！可是廚房是我媽的地盤，她不容許別人擅自入侵，她是佔有慾很強的人，你最好別亂擅闖禁地，不然被轟出來，可別怪我沒有告訴你。」他連哄帶騙，把她唬的一愣一愣，她聽了有點失望和難過。

「何必為此難過，如果我是你，我一定是這麼想，哇！真棒，不用做家事，做個少奶奶，茶來伸手、飯來張口，真不錯。」

頓時，她突然好喜歡眼前這個很會安慰人的男人。

經過一天充分的休息後，高立偉興沖沖搖醒曾君君：「我們去度蜜月好不好？」

「什麼度蜜月？」她揉著惺忪的雙眼。

「你真是春天裡的兩隻小蟲，不知是蠢的可以，還是純透了。」他一臉被打敗的解釋著：「就是去玩。」

「哦！知道了。」說到玩，她的眼睛就亮起來：「好啊！」

「那去哪裡玩？」他興緻勃勃地問。

「我不知道，不過我很想回紅毛港玩。」她很認真地說。

高立偉聞言，差點昏倒，忍住笑意問道：「為什麼只想到紅毛港？」

「因為我好想家，好想媽媽。」她像個小女孩一樣，說出對家的依戀、對母親的思念。

他能體會那種鄉愁和思念。回想當年的他，離鄉背井，獨自在台北唸書，也是一樣。而且這種想家是悶悶的痛，是一種叫不出的相思病痛。

他摟著她心疼地說：「好，那我們就去紅毛港度蜜月。」

「太棒啦，你真好！」她展歡顏，雀躍萬分。

他迅速稟告雙親，他們倆要去紅毛港度蜜月。

兩老露出訝異的表情。

「爸、媽，你們的表情好怪異。」

郭淑芬含笑著：「我們只是好奇，你怎麼會想到去紅毛港度蜜月。而不選擇，去一個有青山綠水，詩情畫意的地方如溪頭……等。」

「原來如此我了解你們的想法，但是君君想家，想回去，而我想，反正只要能跟心愛的人在一起，去那裡都是一樣美，只要能搏得她的歡心，何樂不為。」

「你很疼愛老婆，這是好事，也是高家優良傳統。只要你們年輕人喜歡就好。」高爸爸讚美又自誇著說。

回到紅毛港度蜜月的第一天午後，風和日麗，君君和立偉閒來相偕到屋外，看看海天一色，以及充滿海味的陽光，享受悠哉時光，君君走到堤岸旁，望著遠處，突然有感而發說：「其實以前這裡村子離海很近，只要爬過屋旁的海堤，就是沙灘了，很早以前的沙灘很窄，走一下子就到海了，後來隨著海的潮流改變，沙越來越多，地形隨之改變，沙灘越來越寬闊。而細細、柔軟又潔淨的沙，給人的觸感是那麼美好，因此沙灘就成了我們村裡小孩們的遊戲天堂和避難所。所以在這裡你會常常看到成群孩子嬉戲，快樂聲響徹雲霄，也會見到闖了禍的孩子被大人追打場面。和被挨揍後，跑到此哭泣的孩兒、以及那心情鬱悶的形影在此晃蕩。　有時候我們會無聊到去跟螃蟹賽跑，或去追趕海和尚，或者撿貝殼在沙灘上拼字比賽。」

你看屋旁這棵粗枝幹大，花開滿枝頭的黃槿樹，是我媽跟我的最愛，冬天時幫我們擋東北風、海風。而過年或過節慶時，用它的葉子來做粿的底墊，夏天時幫我們遮陽，讓我們乘涼。而奇妙的是這裡的黃槿樹，因終年海風吹拂下，不太會長高，矮矮的樹，非常適合我們這些小孩爬上爬下。有時想找人，懶得走去海邊時，只要站這裡樹上往沙灘一瞧，再大聲吼叫著，就搞定了。長不大黃槿樹是不怕颱風吹襲，村子裡栽種的樹不多，可是天公是很疼愛我們的，每次颱風過後海邊總漂來很多奇木異枝的漂流木給我們撿拾，供給燒飯。不過我最期待是下雨天，可以穿著雨鞋，拿著雨傘，到處晃來晃去，享受雨中徘徊的滋味，有時故意任由雨潑灑，盡情淋雨，許多沒有答案的問題，一時間也被遺忘雨水裡，或許是雨蘊藏了許多能量和奧秘，但被雨淋是很痛快的感覺。

我最喜歡夏天閒來無事，躺在屋旁黃槿樹下的吊床裡，搖呀搖呀，享受一下慵懶的午後。有時心情不好時，就安靜直靠在黃槿樹幹上，我的眼光總是落到遠處，停在哪一片陽光反射閃閃生輝般海水、寬廣平靜的海面上，有時映照的是天上的雲跡，有時是臨空飛過的海鳥，有時看著它平平靜靜，但總能釋放我內心愁煩，讓我感到無比平安。只是有時明明和昨日一樣的景色，卻不知為何多了一層迷惘。

傍晚的時候，坐在海堤上，看著夕陽的暮色、迎著海風，聽著船兒入港笛鳴聲，也因著雲淡風清的舒爽，一切憂愁統統消散。常常一次次與大海相望裡彷彿也照見了自己的心，兩相對映下，浩瀚的大海，顯出我對紛擾塵世的掛慮，看看浪起又浪落，了無痕跡，而我又何必在心頭牽掛著那些是是非非。我就是這樣排遣煩惱，度過少年不是愁滋味，卻為賦新詩強說愁的青澀歲月。

述說完往日的趣事後，君君走到黃槿樹前，使一個勁兒便爬上樹幹上坐。這時立偉側身過去，俯首倒開水準備給君君，等他一轉身，君君居然已經高坐樹上，他愣了一下，才回神遞給她開水後，又坐回去保持沉默繼續聽君君講。

坐在黃槿樹幹上的君君，忍不住深深吸一口氣，再伸伸懶腰，有感而發：「回家的感覺真好。我以為嫁了人，就再也不能回家。」

在黃槿樹下的立偉回應：「你怎麼有這麼奇怪想法？」

「因為這裡的女兒嫁出門後，是不太歡迎她們常回來。」

「為什麼？」

「好像是風俗，或許是思想保守使然，因為女兒若常回家會讓人誤以為是嫁的不好的關係。」其實說穿了是怕左右鄰居流言蜚長。

「哦！他們為甚麼會這樣說？」立偉不太能理解這裡人與城市人的民風而單純問。

「鄉下人生活又枯燥，也沒甚麼娛樂，生活圈就那麼小，更沒有甚麼見識，所以共同話題就是東家長、西家短嘛！這也是一種娛樂嘛！」

這時有一位身材壯碩，衣著襤褸、身上還散發一股汗臭，像似流浪漢的人，從君君家門這條巷道走來，經過他們倆眼前，口中還念念有詞，手拿著一枝細細木條，慢慢走向海邊。君君的視線一直隨著流浪漢的腳步移動，直到他消失在君君的眼前。

「哦！」立偉還是很茫然。

「咦！突然跑出這樣的流浪漢，你怎麼不會害怕？」立偉問。

「他不是流浪漢，是精神有問題，他叫阿雄，隔壁村林好嬸的兒子，他可是高雄中學的高材生，曾經是我們這裡的榮耀，他的志願是做海軍總司令，大家都對他寄以厚望。可惜在他要升高三那一年的某天夜晚突然精神失常，大吼大叫四處敲人家的門。後來聽阿好嬸說是他有一天半夜去釣魚，釣到一隻肥大又會說話的怪魚，在興奮又好奇之下把牠煮來吃，吃了這「歹東西」，就變這樣子。後來又傳為被鬼魅附身，再經過大家不斷穿鑿附會、繪聲繪影變成……。可是我卻認為是他功課壓力太大而引發，記得很久以前，我半夜時常會聽到他在海邊無助的吶喊聲，那時我就覺得他需要幫助，或許需要看醫生，可是當時大家認為那是青少年反叛期出現的舉止。」君君心中充滿無限憐憫和婉惜。

「那現在為甚麼還不送去醫院治療？」

「阿好嬸說被不潔淨附身的東西，看醫生是沒用，由於他不會攻擊人，所以就任由他四處遊蕩，其實我想是；一來是沒錢，二來因愛面子關係，很多人都認為精神病是不光彩，是祖先做了甚麼缺德事，在這種見不得人保守的心態之下，誰都不願承認得了精神病，因為他們認為精神病就是瘋子，是很不名譽的事。」

「又是愛面子害死人，我真搞不懂是人命重要，還是面子重要。」

「誰知道！其實不是你搞不懂而已，我也搞不懂，唉呀！只能說這是命罷！」君君無奈聳聳肩，一剎那，突然想到甚麼似，把話鋒一轉，問立偉這一生的志願是甚麼？

立偉愣了一下，想了一下，心平氣和娓娓道出：「到了我這個年齡，該努力的、都努力了，該追求的都追求過，人生的方向、事業大都已經確立，而過去的雄心壯志，已不堪現實的折損而消耗殆盡，而漸漸安於現狀，為生活而努力工作罷！可能我這個人天生下來就很平凡，所以從小就沒有立下甚麼偉大志願和超大的夢想。或許個性使然，還是因為小時候，爸爸工作的關係，經常調動，我們就常跟著他，四處搬家，這種居無定所，讓我很沒有安全感，而且每搬一次家，我就痛苦一次。從那時我就告訴自己將來一定要找一份穩定的工作，我不要大富大貴，我也不要甚麼成大功、立大業，我只要安定且平凡的日子。至於錢財夠用就好了，反正錢永遠賺不完，何必成為錢的奴隸（錢四腳，人兩腳，怎麼追也追不了），而過的不快樂，那不是我要的人生，目前我所想要也是這一生唯一的夢，就是擁有一個安定又幸福美滿的家。你聽完我這番話，一定會笑我胸無大志吧！」

「不會，因為我比你更糟，別說甚麼胸無大志，我看小志都沒有，從小我媽就替我掌管人生，我只要照她的話行就好，她是我的明燈，是我生命裡那一隻黑手，而我是個傀儡，但是這是我心甘情願。」

「哇！真是個乖乖女。」立偉驚訝不已。

「才不是乖乖女，我是怕煩惱、怕麻煩的笨女孩。」

「你真是個異類！是個瀕臨絕種的動物」忍不住褒貶一下。

「這樣有甚麼不好，至少我覺得很快樂。不過我也相信每一個夢想的形成，都跟我們成長的環境有關係，也跟遺傳多少有些關聯；我曾經想當個船員，嚮往漂泊在無邊無際海上的生活，有這樣夢想可能是來自我爸流著討海人的血液，他又一天到晚訴說海上生活的多采多姿，說著大海深藏取之不盡、用之不竭的寶藏，在捕魚的過程常常讓人驚喜連連，當然也常常落空哀嘆聲不絕於耳，不過驚喜和落空都是一種生活調劑。他說海是迷人，充滿無限希望，他從不認為討海人是辛苦，也不覺得看天氣吃飯有甚麼無奈呀！看爸一副怡然自得、樂此不疲，讓我心生幻想遨遊浩瀚無垠大海裡是一種享受，是一個美夢。所以小時候我的志願是當船員。」

「真的！那你現在你還會想嗎？」立偉好奇的問。

「不會了！自從我媽跟我警告我說女孩當船員，當心變成為慰安婦，把我嚇死了。不過我爸十分歡喜我有這種志向，因為這跟他想駕船環遊世界的夢想，有點接近，後來顧慮到我是女孩家，他鼓勵我去當外交官，可以看看外面的世界，待遇又好。為了討好爸爸歡心，我媽就告訴我，「這是我的人生奮鬥目標」，為了取悅他們，我當然唯命是從。」

「那你歡喜它嗎？」立偉感到不可思議。

「喜歡啊！他們喜歡的，我就喜歡。」一抹天真模樣。

「天啊！我真不知該如何形容你，不過倒覺得你是個心地善良且孝順的好女孩。我真的很幸運能娶到你，我以你為榮。」立偉驚訝中有著心疼。

「真的！你真的這樣想嗎？」欣喜中夾雜著疑惑。

「是的！傻女孩。」立偉面帶笑容、摸摸君君著頭，語帶玩笑：「我很喜歡你的單純（有點愚孝），但是你現在已經嫁給我，以後是不是要改聽老公我的話。」

「沒錯！我媽也是這麼說，我媽還說丈夫就是我的天、我的地，一切要順從丈夫。」臉上流露著知足的光采，毫無隱藏著述說媽媽的教誨。

「你媽，真是一個傳統的好媽媽。你真的認同她的話嗎？」立偉感到不可思議又夾雜著感恩的心情。

「當然，因為我相信我媽是愛我的，是不會害我，她所說的都是為我好的。而且家裡本來就需要一個老大來當家作主。至於我只想做個順服者。現在想想我這一生最大的希望，應該說我的志向，是讓我的的親人因我的順服，都過得很快樂。」

「好奇特的志向，你真是與眾不同，但有一點濫情。」立偉心裡也不禁憐憫，但不願苟同，只願意給她更多的正面肯定。

「有嗎？好了啦！我們不要一直談這些很不太可愛的事，可以換個有趣的話題嗎？腦海一轉念，不然我現在帶你去逛村子一圈好不好？」

立偉眼睛一亮，真是求之不得的事，當然馬上說：「好。」

君君立刻從樹上跳下來說「走吧！」

立偉被君君敏捷、俐落的動作嚇了一跳，驚叫著：「君君你小心一點！」

「安啦！你看我不是安然無恙，我就是這樣長大。」君君灑脫拍一拍褲子、笑呵呵答。

立偉面有難色說「我不太喜歡你這樣的舉止！」

看到立偉反應，君君心裡有點難堪：「以後我會注意自己的舉止。」心裡?吶喊著；那是最真實的我。難道女孩子就應該學矜持一點，就應該裝淑女摸樣嗎？難道這是男女有別之刻板的圭臬。君君在心裡忿忿不平的抗議著和唉嘆，原來眼前這個名為丈夫的男人，也是跟一般男人一樣俗不可耐，可是她好想破口大罵，但是也只敢在心裡想……。

看著低頭君君：「你好像太不高興，其實我沒有甚麼惡意，是我少見多怪，但是我真的不希望我的老婆是位男人婆，那會把我嚇跑，因為我是很保守的。」語畢，立偉靠近君君耳邊低語：「男人婆！走吧。」立刻，拉著君君手向著路口走。

君君聞言「噗哧！」一聲笑了，跟著走。

走在海汕路的街面的轉角時，君君問立偉你知道紅毛港的由來嗎?立偉搖搖頭回答：「不知道。」

君君興奮解說著：「紅毛港在荷據時期（西元一六二四年），荷蘭人便於此出入，因有紅毛洋人駐紮於此，故後人稱其地為『紅毛港』。」

君君指著前方給立偉看：「那條曲曲折折的小馬路，還有二百多條通向港口和海岸的小巷道貫穿著。我們沿著這條巷道彷彿穿越時空，可以看到一百多年前，先人就地取材的建築，還有現在我倆所站的海汕路，它可是一條以兩百年生活經驗累積建築而成的海汕路，是最輝煌的時期，彎曲綿延，猶如通過一條時光隧道，盡頭是海闊天空的高雄港二港口，經常可以看見好多的大船進進出出。說到船，我就好想坐船，我們現在去坐，不過先決定去哪裡，是去中洲看又大又圓似火球的夕陽染紅天邊、還是去小港見識一下拆船王國的盛況！哎呀！不管了到渡船頭再看情形。」立偉還來不及回答，君君說走就走，邁開步伐往前去，他只好趕緊跟隨上，嘀咕一下：「喂！你做事都是想到什麼就做什麼嗎？是如此隨性。」

「是的，因為心情爽，想做什麼就做什麼，這不是很快樂嗎？」

「喂！你怎麼越走越快。」

「你是怕人家看見你帶著一個男人到處逛！」

「不是，我是要趕船班。」

「喂！我不想這樣趕路，而且我很口渴，我們可不可以明天再去？」他汗流浹背、口乾舌燥。

君君聞言，立即停下轉身：「我也很渴，好吧！那我們就回家。」

立偉和君君坐在客廳裡，君君抬頭望著爸爸這張黑白的照片，不禁想念起過去來。

有時好想爸爸，但也只能從照片裡或媽媽的眉宇間去拼湊最接近他的容顏，你知道嗎？小時候他最疼我，因為我嘴巴很甜，很會撒嬌，臉圓圓、皮膚黑黑的、有一頭紅髮眼睛是棕色的，外號叫黑妞，很討人歡喜。所以爸爸去任何地方一定都會帶我去。而我最懷念的是他總愛騎著那輛破舊的腳踏車，騎在崎嶇不平的碎石上總是不停上下跳動著，讓身體也隨之動了起來。這是很舒服的感覺，而我總是喜歡坐在前面，在小小心靈世界裡，總是認為這個位子可以一眼看盡天地之大。有時回頭看著爸爸他結實的胳臂、寬闊的胸膛，壯碩的體格，我就覺得好有安全感，還有每當陣陣清風吹來，聞到爸爸特有的體味，就覺得有他在，很安心。彷佛他是我塵世裡的守護神。現在我好想再去看看他。你可以陪我去他墳前上香嗎？」

「你爸不是沒有找到屍體。」

「對啊！是衣冠塚。」

「埋葬在何處？」

「離小港街上不遠處，正好是爸爸以前上班地方－鄉公所斜對面，因為爸爸喜歡有水，而那裡旁邊剛好有一條很大的河流，可以流到大海。」

「好，我陪你去。」

上香完。順道到舅舅家的路，剛好看到一片收成後的稻田，一群孩子在田裡玩，也聞到陣陣熟悉的香味，讓君君憶起快樂童年的往事；「我們一年有三次收成，二次稻子一次雜糧－黃豆，每次收割後，我們這些小孩子跑去撿殘餘的稻穗，再一粒粒扯下，若是黃豆莢就將它剝開，拿個空的台鳳牌鳳梨罐頭，然後將它們放進去罐頭裡，再把它放在小土塊堆成一個爐形的火堆上烤，一下子，就霹靂啪啦的跳動！一粒粒爭先恐後爆開，香噴噴、四處流竄，這時大家受不了香味誘惑，便搶著吃，還讚嘆是人間美味。說著說著我的口水都快流出來，我真想……。」

「你真想怎樣？」立偉非常好奇想知道真相是甚麼。

「沒有啦！」她怎麼好意思說出她嘴饞。

「我們趕快走吧！」君君故意提高掩飾說。

蜜月假期結束，準備打道回府時。

立偉突然有感而發：「我覺得我這趟假期好像不是來度蜜月，是來過回憶童年的生活，不過我喜歡，看到你的童年過的如此精采，我真的好羨慕。謝謝你給我一個不一樣的蜜月。」

「悅安，媽已經幫你找好補習班，明天你就去繳費。」一心望女成鳳的洪虹，希望王悅安能重考大學。

王悅安的心一沉，心想該來的還是來了。

「媽，我不想補習，也不想讀大學，我想去工作。」她一副雲淡風清。

洪虹勃然大怒：「你說什麼！」

「我不想唸書，想工作。」她依然心平氣和，淡然重述。

「啪」一聲，一巴掌落在王悅安臉上。

「不知好歹，賤人！」洪虹嚴聲厲色地羞辱著。

「媽，請你留點口德好嗎？也請你尊重我一點好嗎？」她大聲的抗爭。

洪虹冷冷的哼一聲：「你長大了，翅膀硬了，竟然敢跟我頂嘴，膽子越來越大。」

「媽，我沒有頂撞您的意思，也沒那個膽子，只是希望你能聽聽我的內心話。」

「小小年紀，不讀書想就業，那麼低的學歷，能找到什麼好工作！」洪虹依然憤怒地數落著。

「媽，行行出狀元！」她不服媽媽那套「萬般皆下品，唯有讀書高」的老舊觀念。

「那是美麗的謊言，安慰人的話。」洪虹不屑地說著：「給我閉嘴！明天就去繳學費。」

「我不要，我要去蘇伯父的公司上班。」王悅安也跟著大聲起來。

一聽到蘇家，洪虹訝異極了。

「是你不要臉去求人家的，對不對？」洪虹咆哮大吼。

「我沒有，是蘇伯父主動提的。」王悅安一五一十地告知事情經過。

洪虹馬上露出欣喜的臉色，但還是忍不住憂心：「你學歷那麼低，不怕蘇家的人瞧不起？」

「蘇伯父不是那種勢利眼的人。」王悅安篤定地說。

「你能保證嗎？如果他們是那種勢力眼的人，你怎麼辦？」洪虹不放心地反問。

「我立刻走人，絕不戀棧。媽你放心，我知道如何進退。」

「我考慮考慮再說。」洪虹仍舊不放心：「如果訂了婚，他們突然對你不滿意想毀婚，對你的影響最大，我們太吃虧。」

「媽！你不要老是往壞的地方想。」

洪虹想一想也對，她一直想攀龍附鳳，過安逸的生活。

「但是我只給你兩年的時間，若一無所成，就乖乖回學校唸書。」洪虹故意施加壓力給她，不給她商量的餘地。

悅安眼見已經成功說服媽媽，終於鬆了一口氣，興奮說：「是的，遵命。」

洪虹笑了，她不是放棄自己的堅持，而是女兒正朝著她的目標走，踏上往豪門之家的第一步，她只不過略施小技做個人情，就讓她自由發展吧。

今天是君君就讀大學的新生報到日。為了立偉以及不離開故鄉，她選擇就讀第二志願。高立偉擔心她人生地不熟，特地請假作陪。等一切辦妥，曾君君興奮的熱淚盈眶。忍不住仰天說：「爸！我沒有辜負你的期望，你可以安息了。」

「寶貝，你是不是太高興了，所以又哭了？」高立偉對她可說是瞭若指掌。

「你真像我肚子裡的蛔蟲，甚麼事都知道，我真懷疑你會不會是如來佛的化身，而我卻我是孫悟空的轉世，這輩子我將難逃你的魔掌，我好怕。」她開玩笑地說。

「你太會幻想了！不過嘛！假如我真的是如來佛，一定捨不得用金箍咒，我會讓你無法無天，即使胡作非為也無所謂。」

「你太濫情，這是違反天條，你會被玉皇大帝懲罰。」

「天呀！只是假設而已，你幹嘛這麼認真。」

兩人相視一下笑了。

這天晚上，她興高采烈的打電話向媽媽稟告今天的事，這讓昭娣感動極了，久久不能自已。

她非常感激高立偉寬大的胸襟，如此善待君君，於是做了個重大的決定。

「立偉，這是我一點心意，請你收下。」她將一棟房子的地契交給高立偉，說：謝謝你代我照顧君君，這是我一點心意。」

「媽，你太客氣又太見外了，我不能收。」高立偉態度堅決。

他的拒絕，讓她陷入悲喜情緒喜的是，他並不覬覦她家的財產，悲的事，立偉的拒絕，她讓產生一股莫名的不安的情緒。

君君見媽媽的心意，被拒絕後，不忍心而自告奮勇說：「喂！你怎麼可以拒絕我媽的一份心意，為了證明你是真的愛我，你一定要收下，不然我很會傷心。」君君的以四兩撥千斤，說服立偉。

高立偉覺得好為難！只是一想到君君的話，便順服了她的意見。

平白無故獲得這棟房子，真的讓他傷透腦筋。

本來打算把房子出租，但看了幽靜、廣敞的環境之後，小兩口倆喜歡得不得了，就好想立刻搬進去住。

回到家，看見年老的父母，他又不得不冷卻雀躍的心情。

身為長子的他，有一份照顧以及承歡膝下的責任，便邀請兩位老人家一起住，他們卻以年紀大，適應新環境的能力差而婉拒，令立偉苦惱萬分，但仍不死心三兩天就遊說一遍。

最後淑芬、人傑於心不忍，主動說：「我們知道你是個孝順得孩子，你的一片孝心，我們可以感受得到，所以你就不要顧慮我們倆，畢竟那房子空著也不好，而且你們住那裡，上班近，離君君的學校更近，我們非常讚成你們搬過去住。再說你已成家，按聖經的教導，人長大是必須離開父母與妻子結合在一起，你們是該有自己的生活空間，不用掛心我們兩個老的沒人照顧，你看我們身體還很硬朗，照料自己的生活起居是不成問題，我們真的不介意你搬出去，你儘管放心搬吧！」

雙親的善解人意和開明的思想，令他更加深未盡人子孝道的歉疚。

最後，兩人還是歡歡喜喜地搬入新家。

這一天是王悅安文定之日，場面冠蓋雲集，熱鬧非凡。

但她唯一掛心的座上貴賓君君，卻遲遲不見蹤影。

「以爾，你去找找看。」她左顧右盼，內心很焦急。

眼尖的蘇以爾抬頭一望，就說：「君君來了。」

曾君君和高立偉迅速穿過人群。

「喂！怎麼這麼晚才來？」王悅安興奮著說。

曾君君指著高立偉：「都是他慢郎中一個。」

「算了，要是你們不來了，我就要毀婚了。」王悅安笑著看了高立偉一臉無辜相。

「少來，我哪來的魅力。」曾君君笑著：「嫁入豪門是大家夢寐以求的，毀婚多可惜啊！」

「你是羨慕還是忌妒啊？」王悅安一副很跩的樣子。

「都有，要不要禮讓啊？」曾君君一臉促狹。

「好啊！好啊！」一把將身旁的蘇以爾推到君君面前。

「悅安，拜託你正經點。」蘇以爾受不了的大叫。

「什麼？你敢嫌我，好哇！姑娘我要退婚了。」語畢，就做拔戒指閃人狀。

蘇以爾嚇壞了，趕緊賠罪說：「對不起，我說錯話了！」

王悅安滿意笑了！

「啊！好跩，當心跩過頭，金龜婿落跑掉！」看到悅安這麼盛氣凌人，曾君君實在看不下去，忍不住替蘇以爾打抱不平。

「喂！他到底拿多少錢賄賂你，處處替他講話。」王悅安開玩笑的對曾君君說。

「多的不得了。」曾君君也不甘勢弱。

二人你一句我一句的抬起槓來。

「悅安，今天訂婚的場面真是熱鬧啊！」高立偉趕緊出來打圓場。

「我根本就不喜歡這種鬧哄哄的氣氛。」王悅安白了高立偉一眼。

「不是鬧哄哄，是風風光光。」曾君君忍不住糾正她。

「我真搞不懂，一個小小的訂婚宴，幹嘛這樣勞師動眾？」

「哎呀！這不叫勞師動眾，這是有頭有臉才有的權利。」曾君君安慰道。

「還有你看！你媽笑的合不攏嘴！多滿意這個金龜婿啊！」曾君君一指，三人同時轉頭。

「是呀！她比我還忙，我看今天全世界的人，只有她一人最開心。」王悅安看著媽媽不停穿梭在人群打招呼：「走吧！我們去那裡吃點東西。」

「嗨！以爾，訂婚的感覺如何？」曾君君好奇問道。

「終於到手的感覺，很不錯，心彷彿安了一半。」他傻傻地笑。

曾君君臉一轉：「悅安，你呢？」

「不錯，只不過我非常懷疑，一個小小的戒指，真能套住一個人的心嗎？這未免太容易了。你看君君他們沒有山盟海誓，沒有訂婚儀式，兩個人還不是過著恩恩愛愛幸福快樂的日子。」王悅安說著看向高立偉和曾君君。

高立偉滿面春風笑了，曾君君則是臉上一片紅暈。

「悅安，它只是形式，別把人家扯進來吧！」蘇以爾連忙制止。

「蘇以爾，我都還沒有嫁給你，你就變了，你等著瞧，我不會給你好日子過。」

「悅安你就饒了他，我求求你。」曾君君打圓場說：「不然，以後我們可不敢來見你。」

悅安笑了。

昨天夜裡吳昭娣坐了一個奇異的夢，所以一大早便跑來探望君君。開門的人是高立偉，進門後一直不見君君蹤影，就問高立偉：「她是不是還在睡大頭覺？」

「是的，她昨晚看書，看的很晚。」他企圖為曾君君掩飾。

吳昭娣繼續轉身上樓走進主臥室，卻沒看見曾君君，整張床上只有單人枕頭、單人被，且已折疊擺放十分整齊，昭娣納悶不已，心想可能是君君故意惡作劇躲起來。一邁出主臥室，她便心情愉悅叫道：「君君，別躲了，快出來見見媽媽吧！」

被一連串的電鈴聲和喊叫聲吵醒的君君，揉著惺忪的雙眼，穿著睡袍，走出了客房，正好和迎面而來的媽媽撞個正著。

兩人同時大吃一驚，曾君君叫：「媽！怎麼會是你？」

「你怎麼睡這裡？」吳昭娣劈頭就問。

「我一直都睡客房，有什麼不對嗎？」曾君君不明其含義很直接地回答。

「當然不對！這是誰出的主意？」吳昭娣聽了勃然大怒。

在傳統的想法中，只有上了年紀的老夫老妻才分房睡，如果年青就分房，代表夫妻的感情不好，更何況他們才新婚不久。

聽到咆哮聲的高立偉迅速上樓，擋在曾君君面前：「是我的意思。」

他呵護著曾君君的舉止，吳昭娣很明顯看出倪端，她也不便再說什麼，只好婉轉客氣道：「立偉，你改天找個時間來向我交代清楚。」

「是的。」他恭敬地回答。

望著母親離去的背影，曾君君心裡對他忽然有一股感激之情。現在的她不僅尊敬他而已，在生活上更是處處依賴著他，他強而有力的臂膀，帶給君君莫大的安全感，再加上無微不至照顧著她，處處體恤她，無怨無悔，她好喜歡這種被人呵護、被人疼惜的感覺，原來是那麼溫暖、那麼美好。在他身上，她彷彿找到多年來所遺落的父愛，彌補了沒有父親的心靈缺憾。

有時連她也分不清自己這份情愫，是愛還是戀父情結。唉，人生複雜的情感，有時是連自己也難以捉摸。

# 5 初戀情人

我仍然愛你，我試著想要從頭來過，你卻對我
說若是真愛你就該讓「幸福」變成『祝福』啊

曼玲，高立偉的初戀情人。臨時從美國回台造訪高立偉。他沒有拒絕，因為他知道逃也逃不了。只好硬著頭皮到機場接機。

曼玲遠遠便看見立偉站在出口處等她。她欣喜若狂地揮舞著手，三步併做二步走向立偉，一個箭步上前熱情擁抱立偉，親吻著他，在耳畔細語：「我想死你了。」

這個突來熱情的舉止，讓高立偉感到渾身不自在。他不知道她這個舉止，意味老友久別重逢的熱情，還是她久住美國已被同化，不過這樣熱情如火，直接的表達方式，他不太能習慣，尤其在人潮洶湧的機場，眾目睽睽之下。

他推開曼玲，眼睛張望著四周後問：「怎麼不見你先生和孩子？」

曼玲神情自若：「我忘了告訴你，我早就離婚，而我又不喜歡生小孩子，哪來的孩子？」口氣輕鬆的好像在說著不關己的事一般。

這讓高立偉驚訝極了。

「瞧你吃驚的模樣，我還以為發生甚麼驚天動地的大事！」曼玲忍不住笑起來。

立偉苦笑：「是呀！你依然如此爽朗、樂觀，還有一樣地美麗動人，歲月彷彿從不曾在你臉上駐足。」

頓時曼玲臉色黯淡下來答：「是嗎！」

看著高立偉，曼玲聳聳肩，蕭灑地說：「算了，不談我的事。」轉個念頭，甜蜜地說：「我就知道你一定會來接我，因為你的心裡還有我的存在對不對？」

這個一廂情願的想法，令高立偉極度的不安，不得不趕快解釋。

「我今天之所以來接機，是基於過去的情誼，而且我想你會偕同你的夫婿同行，所以我才會答應你的要求，除此之外，我別無想法。」他明白地表示自己接機的原因，試圖粉碎她的幻想。

「哎呀！瞧你正經八百的樣子，你的個性還是老樣子，經不起玩笑，嘿！放輕鬆一點嘛！」

他苦笑著：「走吧！」並問：「你打算住哪裡？」

她曖昧、試探地問：「去你家住好嗎？」

「不行！我沒有心理準備，也沒和我老婆商量。」他斷然一口回絕。

「好吧！那我去住飯店。」她有點失望。

「你為什麼不回家住？」他不明究裡。

「我這次回國是臨時決定，不想驚動任何人，包括我的父母親，再說我不確定停留的天數，又怕人家問東問西，那很煩人。」曼玲省略此次悄悄回國的企圖。

「為了甚麼事這麼神秘，連個歸期也不能掌握，好奇怪，這不像你做事的風格。」

曼玲不經意微笑：「這一切都要問你。」

高立偉感到不解，卻不想問。

飯店到了，他心想任務完成了，便向曼玲說：「我該回去了。」

曼玲情急拉住他：「你可以幫我把行李送上房間嗎？」

「叫服務生送就可以了。」

「不行，那還要等，人家有個禮物要送給你嘛」曼玲嬌嗲拉了高立偉：「走吧！我們一起上樓。」

他略微遲疑一下，還是說：「好吧！」

終於將行李安放好後，他轉身就要離開。

「行李放好了，再見。」

曼玲忽然從後面抱住他，輕聲細語：「立偉你不要走，我愛你，經過這麼多年，我才發覺自己最愛的原來是你，心裡只有你，我這次回來就是專程為了你，我要尋回過去被我拋棄的你。」

高立偉是有點悸動，但不是心動，畢竟那已經是過去式。

他心想，如果時光能倒回，這些話一定會深深打動他的心，讓他奮不顧身回到她身邊。如今，他已有家室，任何非分之想的行為都是他的上帝所不允許的誡條。

「不可能，我們已經是過去式了。」他堅定地說。

「為什麼？」她傷心欲絕歇斯底里大叫。

「我現在是有老婆的人，即使過去的情分還在，那也早已深埋內心深處化作永遠的回憶。而且我必須忠於自己的婚姻。」他告白地告訴她。

「你可以離婚！」她一廂情願地說。

他聽了不禁眉頭微皺，不敢置信眼前這個女人竟把婚姻當作兒戲，難怪當年會輕易背棄山盟海誓、一生的約定，無情地拋棄他，獨自翩然出國而去。如今事隔多年，同出一轍的對待自己的婚姻，以及別人的婚姻。他不能理解箇中的原因，只能說她真不懂愛和不懂情。

心一凜，他接著說：「你還是跟以前一樣的任性，放縱自己，任所欲為。只可惜我已經不是當年那個任你呼之即來揮之即去，任你予取予求的傻小子。對不起，讓你失望了。」

語畢，迅速抽離曼玲的束縛，轉身離去，留下一臉錯愕不已的曼玲。

高立偉步出飯店，大大噓了一口氣，剛才他若不趕緊趁著自己理智清醒時，逃離那意亂情迷的現場。他不能想像，如果繼續留在那裡，自己能有多堅強的意志，足夠抵擋自動投懷送抱的誘惑。

他只是個凡人，所以「逃」，就是他唯一的選擇。

一連好幾天，高立偉對曼玲都刻意避不見面，更拒絕接聽電話，免得讓她有機可乘。對她那熱情如火的舉止，以及含情脈脈誘人的眼神，他實在難以招架，也害怕自己犯了全天下男人都會犯的錯。但是他的刻意逃避，並沒有喚醒曼玲的心，她今天更變本加厲到立偉的銀行站崗。這讓高立偉更傷腦筋，不知如何是好。他的不尋常舉止，連平常甚少留意他的曾君君都感覺到了。

「立偉，最近你好像怪怪的？」她關心地問。

「有嗎？」他一驚，努力表現輕鬆卻心虛說：「什麼時候妳也關心起我來，真是讓我受寵若驚。」

「你又來了！以後再也不管你。」她不禁靦腆起來。

警覺到事態嚴重，他不再抱著鴕鳥的心態，決定勇敢面對曼玲。

這天，曼玲再度出現他眼前時，他一改往日冷漠、相應不理的態度。

「曼玲，晚上七點我和我太太請你吃飯，在藍色西餐廳。」他主動邀約。

「你早就該帶她來見我了。」她勝利地邪笑了：「那晚上見，不見不散。」臨走前還送他一個飛吻。

目送走曼玲，他如釋重擔般輕鬆。

不經意回頭一瞧，發現行裡的同事們，交頭接耳品頭論足她。他苦笑著，只能祈求多日來的噩夢能快點結束。

高立偉下班後立刻衝回家，想要立刻告訴曾君君晚上用餐的事情。

「君君，等一下，我們一起去藍色西餐廳吃飯好嗎？」

「好啊！」想到吃，她整個人都興奮起來了。

「但是，我還要請一個人。」他支支吾吾神情緊張。

「是什麼人，我可以知道嗎？」她順口問。

他猶豫一下，面有難色：「其實我早就該告訴你，可是我又怕你誤會我們藕斷絲連，其實應該說，是我真的不想讓你認識她，我的初戀情人曼玲。可是我實在沒有辦法擺脫她的糾纏，才逼不得已，請你出馬，希望她能知難而退。」

君君似懂非懂：「立偉，我只問你她是誰而已？並沒有質問你們的過去？」

「可是你有權利知道，這是我一廂情願的想法。」

「好吧！那你說。」她洗耳恭聽。

「她是我的初戀情人，前幾天特地從美國回來。」

君君沉思不言。

「君君你好像不高興。」他不安地問。

「沒有呀！我只忌妒她，比我早認識你。」她酸溜溜的語氣道。

「這很重要嗎？」他感到不解。

初戀情人的出現，對某些人來說，也許是一個威脅，但是他相信自己是一個重承諾的男人，他說過一生一世照顧她、永遠愛她。

「當然很重要，如果我早認識你，就可以早幾年享受到你的寵愛，那多好！」

「你真是貪得無饜。」他聽了心花怒放。

「愛是多多益善！誰嫌多。」

「老婆大人，我真的遇到麻煩了。」

「我知道了，現在就去當你的擋箭牌。」

「謝謝老婆的大恩大德。」他像遇到救星似。

君君開懷大笑了。

明艷照人的曼玲先抵達餐廳，隨後立偉和君君手牽手進來。

「真是恩愛的一對夫妻。」曼玲心裡很不是滋味，冷言冷語地嘲諷著。

「曼玲，她是很膽小的。」他護衛著曾君君。

「哼！」她這才稍稍收斂自己的行為。

他為曾君君拉開椅子，小心翼翼地牽她入座，無視於曼玲的存在般。

「君君想吃什麼？」高立偉柔聲問著曾君君。

「你做主就好。」她輕聲細語地說。

「你真是一個新好男人。」曼玲語氣裡夾雜著羨慕的醋意：「我真後悔當年沒有好好把握。」她一臉懊喪。

「別再提過去了，你想害我們鬧家庭革命嗎？」他立刻制止。

「這可不是我所認識的立偉。」曼玲恣意笑起來，然後看向曾君君：「你不介紹她給我認識嗎？」

高立偉緊緊握著曾君君的雙手，輕聲細語地說：「這是何曼玲小姐。她在美國住習慣了，所以不管在語言上或行為上都很開放，你別嚇到了。」

「你這算哪門子的介紹？」曼玲忍不住抗議。

「那你想怎麼樣？」他不客氣回答。

曼玲正想反駁之際，服務生送來牛排。

高立偉立刻幫曾君君擺放餐巾，再三叮嚀：「寶貝！小心別燙著了。」

曾君君柔順點點頭。

這一幕看在曼玲眼裡，真是羨慕極！

他的一言一舉都那麼自然流露愛意，絕不是矯情做作給她看。曾君君則像個幸福的小女人，默默接受他呵護備至的愛。

她的心在絞痛，她真的不能平衡，不能接受。內心不斷吶喊著，他原本是屬於她的，她好想好想奪回，但是這可能嗎？她眼眶不禁濡濕。

曾君君剛巧看見這一幕，便拉一下高立偉的衣服，示意他關懷一下。

「曼玲，你怎麼了？」他抬頭問。

「沒什麼，只是剛才有粒沙子掉進眼睛裡，感到不舒服，用手揉一揉就好。」她企圖掩飾內心的失落和悲傷。

「曼玲小姐，你需不需要看一下醫生。」君君好意問著。

曼玲最不喜歡自己所憎恨的人，在她最難過失意時，假惺惺的慰問，這讓她覺得對方是不懷好心眼。這挑起她莫名、潛在的妒火。這把火也燒掉她的教養，以咄咄逼人的口氣，質問曾君君說：「你愛他嗎？」

高立偉見狀驚叫：「曼玲，妳要幹什麼？」

曾君君以打手式制止高立偉後，心平氣和地說：「曼玲小姐，你為何這樣問我，一時之間，我不知如何回答，我只能說我每天一睜開眼睛，心裡最想看到就是他，我非常依賴他，如果沒有他，我想自己真的會活不下去，我不知道這算不算愛。」

立偉十分感動而情不自禁擁抱君君一下。

這舉動又再一次刺激曼玲，歇斯底里對君君吼叫：「你知道嗎？立偉原本是屬於我的，你不該出來掠奪，現在我要搶回來。」

這讓曾君君嚇到了，但是一想到有立偉當靠山，她變得勇敢了。

「好，現在只要立偉開口，說願意回到你身邊，我就馬上把他還給你。」她自信滿滿地看了高立偉一眼。

曼玲眼睛發亮，期待、熱切渴求，以充滿希望的眼神望著立偉。

立偉毫不考慮著說：「過去的，永遠都成為過去，已經不可能重來。」

曼玲崩潰了。這被拋棄的滋味，比母親的逝世帶給她的刺激更大。天呀！她不能接受這失敗的事實。因為今日之所以千里迢迢回國，是抱著只許成功不許失敗的決心。

念頭一轉，孤注一擲，為了達到目的，她拋棄女人的自尊及羞恥心，用幾近乞求的姿態：「只要你願意再愛我，我可以不要名份，只要能留在你身邊，什麼都可以不要。」她聲淚俱下地哀求著。

我的天！曼玲怎麼變成這樣子？過去那個高貴，自大、有智慧的曼玲不見了。看著眼前的她，他的心好痛，只是他也愛莫能助，尤其是感情的事。因為現在他的心中，只有曾君君一人。

曼玲的悲泣聲引起他人側目，他立刻說：「我們先送曼玲回飯店。」

一路上，曼玲出奇的安靜，只是緊緊握住高立偉。

進飯店房間裡，他輕聲說：「你好好休息，明天晚上我跟君君再來看你。」

曼玲點點頭，又突然叫住高立偉：「你是否還愛我？」

他尷尬不已，但不想再刺激她，溫柔地安撫：「你什麼都不要想，先睡一覺，明天我再來回答你。」

曼玲不滿意但同意的點點頭。

高立偉在她額頭吻了一下，便道別。

這一幕看在君君眼裡，心裡難堪又很不是滋味的感覺，她不懂自己怎麼會有這種感受。

回到家，她忍不住問：「立偉，你會因為同情她而回到她身邊嗎？」

他毫不猶豫：「當然不會！」

「你沒同情心。」她安心了卻故意這樣說。

「同情和愛情是不能混為一談，如果緣盡了，感覺沒了，只擁有同情，是難以天長地久。」

「可是她很美，而且很愛你。」她故意試探性地問。

「那比得上你的美，而且我只愛你。」他一往情深地望著她。

「騙人！我不相信。」她嘟起小嘴道。

「真的，我沒有說謊，我可以發誓。」

「那你為什麼要親她，又送她回飯店，還對她那麼好？」

「我只是基於人之常情，想安撫她的情緒，我真的是迫於無奈。」他辯解。

「我看不是吧！而是……」她欲語還休。

「喂！你怎麼把話題扯遠了，你在吃醋嗎？」他突然打斷她的話。

「你少臭美！」

他露出笑容說：「被猜中了吧！」

這字眼挺陌生，她壓跟兒都沒想過：「我不懂什麼叫吃醋，只是很擔心。」

「擔心什麼？」

「擔心你跑了。」

他忍不住縱情大笑：「我怎麼可能跑了，如果我真的跑了，你會怎麼辦？」

「我一定完蛋了，因為沒有人肯照顧我，肯讓我依靠。」

她說著內心的害怕和不安，以及自己的軟弱。

「你放心！你這麼可愛，會有很多人搶著照顧你。」

「不！我相信這世界上，除了你以外，沒有人會把我當作寶般的疼惜。」

他突然好感謝曼玲的出現，讓他不再感覺只是他一廂情願的事。

雖然曼玲帶來許多困擾，在兩者相較之下，它已顯得微不足道，當然對曼玲，他沒有怨、沒有恨，僅剩的，只是人之常情的疼惜罷了。

立偉歡喜對著她說：「寶貝，你放一百二十個心，我不敢落跑的，更不想落跑，我要一生一世做你的守護神，只要你不嫌我煩就行了。」

「你沒騙我？」她開心地笑了。

「你知道嗎？看你開心，我就覺得開心，看到你悲傷，我就不自主跟著你悲傷起來；有時難免會懷疑，上帝創造我，只是為了你而來。」

「你很會說甜言蜜語，且集千千萬萬的優點於一身，幾近完美的化身，我想你大學時，一定是位大眾情人、萬人迷，對不對？」她因為感動而不停稱讚他。

如此美好的讚賞，立偉樂不可支，飄飄然。

「謝謝你的誇獎，害我有點心虛，因為事實與你想像中，差個十萬八千里，相處久了，你就知道，到時候，別嫌東嫌西想退貨。我真的不是故意要打破你情人眼裡出西施的幻想！」接著又自嘲：「你最好別期待太高，否則失望就越高，甚至有終身遺憾之危險。」。

「那我寧願終身遺憾，也不要遺憾終身。」她順口回了一句。

「好吧！現在我這帥哥就來告訴你，我是如何變成大眾情人、萬人迷。應該說成為人家的情人、一人迷而已。」他裝出一副往事不堪回首的表情。

「剛讀大學時，我傻里傻氣，也很閉塞，所以沒有人會注意我，但我過的很快樂，因為一切都那麼新鮮，有趣。大三時我茅塞頓開，有一個女孩闖進我的世界，成為我的初戀情人。她就是曼玲。認識她是一種緣份，愛上她也是上帝冥冥之中的安排。身為校花的曼玲嫵媚動人、能言善道、有才華，是大家矚目的焦點，以及夢中情人，能獲得她的垂青，我自然欣喜若狂。我生性木訥、寡言，個性溫吞，凡事求和，女同學都不喜歡我這種沒個性的人。唯獨曼玲欣賞我，讓我深深愛戀著她，對她是言聽計從、百依百順。因為女人是生來被寵愛的，所以我從來不計較她恃寵而驕的態度，和彼此不平等的待遇，反正只要自己喜歡就好，這是年輕時我對愛的詮釋。」

「真難想像過去的你是這麼的癡傻。」曾君君驚訝不已。

「現在也是一樣癡傻。」立偉苦笑了：「人的本性，有時想改變都很難嘛！」

「我覺得你這樣子很好，何必改變甚麼？」她安慰著。

「真的嗎？」他亮起眼問道。

「真的，至少我喜歡你這樣子？」

「謝謝！」立偉滿意笑了，她也笑了。

隔天下班後，立偉帶著曾君君前往飯店，禮貌性地請櫃檯小姐先撥個電話上樓。豈知當他說出房間號碼，櫃檯小姐立即面露驚嚇的表情：「曼玲小姐今天清晨跳樓自殺，死了！」

乍聞這個噩耗，高立偉整個人都呆了，心情揪成一團，哀慟不已。曾君君也跟著哭了，立偉心裡亂成一團，找不出任何話安慰她，只能伸手將她摟入懷裡。

「曼玲的死，我倆是不是兇手？」曾君君淚眼婆娑中帶著幾分自責。

這樣的話語，令高立偉毛骨悚然顫抖著，陷入不安，內疚、自責說：「我也不知道。」內心卻不停禱告：「希望自己不是罪魁禍首。」

此刻的他，只想盡快逃離這個讓他充滿罪惡感的地方。

當立偉轉身離去之際，櫃檯小姐叫：「先生，你是不是高立偉？」

「我就是。」他一臉茫然的回答。

「這裡有一封信，是昨晚曼玲小姐特地交代要轉交給你的。」櫃台小姐將信交給高立偉。

他伸出顫抖的手，沉重的打開信：

我走了，立偉。你知道我從小到大，都是集三千寵愛於一身的天之驕女，只要我想要的東西，沒有一樣是得不到，我自認我是個完美的化身，怎容得下失敗與不完美的事發生？像是失去你、婚姻失敗，以及博士夢未完成等。

我覺得越來越不能掌握自己的路，我極度沮喪與恐慌，更充滿無力感。現在我覺得好累好累，只想永遠的沉睡下去，所以我想，死就是唯一的辦法，我祝福你，也恭喜你找到真愛和幸福。

曼玲絕筆

高立偉看完信，忍不住吶喊，「曼玲你為什麼那麼傻？為什麼要用最激烈的方式，為自己的生命下了最後的註腳？」他心戚戚然。

升大四的暑假，王悅安突然造訪曾君君。這也是曾君君第一次看到王悅安如此沮喪。因此二人便決定找個地方宣洩一下瀕臨崩潰的情緒，地點就是紅毛港海邊。

二人在沙灘上又跑又跳追逐海浪，肆無忌憚，跟著海風不斷地笑鬧，看著白雲悠閒飄來飄去。過了許久，兩人雖然都累了，卻輕鬆了不少。

「如果他看到你這樣瘋瘋癲癲，會不會罵人？」王悅安突然嚴肅地問著。

「不會，他是一個大好人，好到不管我有什麼缺點，在他眼中都變成很美的優點。」曾君君得意的笑：「還有，我如果做錯事，他總是和顏悅色說：『寶貝，下次要小心一點』，簡單一句話帶過。他對我的好，真的無話可說。」她深深覺得自己被他捧在手心裡疼愛。

「那你一定過的很幸福，很快樂。」她悅安羨慕著。

「他是個好人，他是位好丈夫，但我不覺得他是位好情人，或許是我不知道『好情人』的定義是什麼。雖然我過的很幸福，卻不快樂。」君君臉色黯淡下來，幽幽地說。

「怎麼會這樣子？」王悅安訝異極了。

「是我身在福中不知福，還是……」她欲言又止。

「還是什麼？」王悅安不死心地追問。

「唉，我也說不上來，只是感覺兩人之間有一條很深的鴻溝，自己無法越過。譬如他縱容我找尋自己的快樂，卻不能陪我玩，而我卻希望所有的喜樂都能與他一同分享。」

「或許是年紀差距太懸殊的關係。」王悅安安慰著好友。

「我也是這樣想。」曾君君擠出一個苦笑。

「其實你可以試著和他溝通。」

「算了，他已經為我付出太多，還供我讀書，又不用履行夫妻同居的義務，也不計較名份，至今我們尚未辦理戶口登記，一切只是為了我的要求和我的就學。他做這一切只為博得我的歡欣，一心一意盼望著我快快樂樂，我怎麼能再有非分之求而傷害他。」

「哇塞！他的包容性真大。君君，你若想要這個婚姻長久，就必須勇敢對他說出你不快樂的感受，否則日子真的會過不下去，你會很苦悶。

「我寧可一個人黯自神傷，也不願再增加他的困擾。畢竟他對我已經是仁至義盡。」曾君君斷然拒絕，換了個心情，問：「談談你的近況吧！」

「苦多於樂。」王悅安苦笑

「你好像憔悴不少，發生什麼事嗎？」

「為情所困。」王悅安憂愁滿面

「別開玩笑了，我們悅安是美麗又大方的女強人，又是某大企業家的準媳婦。」

「真的啦！」王悅安苦惱不已。

「難道是以爾變心，有了新歡？」曾君君胡亂猜測。

「沒有！他是個專情的人，早已認定我是他今生的新娘。」

「那是你移情別戀了？」

「拜託！你想到那裡去，我不是容易見異思遷的人。」

「哎呀！那到底是怎麼一回事？」曾君君也心急了。

「唉！這說來話長。剛踏入社會的我，一切都不懂，所以每天我總是鞭策自己要戰戰兢兢的工作，儘快進入狀況，否則會丟了以爾的臉，也對不起自己的犧牲。由於我太投入工作，忽略以爾，忘卻愛情也是需要細心的呵護。所以時空趁機悄然拉遠我們的距離。現在的我喜歡談生意經，以爾他沒興趣，他喜歡說學業，那我聽不懂，因此彼此話題似乎少有交集，兩人就漸行漸遠。為此以爾常常向我抱怨，常常話不投機，甚至一怒之下走人。我好害怕，卻無力改善日漸冷淡的關係！或許是緣將盡，情將滅了。」王悅安語氣哽咽，無助地說著。

聽到這裡，曾君君忽然覺得很感傷。

「為什麼上帝總是喜歡給人類出很多難題，是想藉此考驗我們的智慧，促使我們成長及磨練更大的勇氣去面對困難、堅強的活下去？還是……悅安，依我的直覺，事情沒有你想像中的糟，我認為是你太忙了。你先把心沉澱下來，重新調整生活步調，世界是沒有解決不了的事，況且你是位充滿自信與樂觀的女孩，我相信你不會被它打倒的。」

曾君君的一席話，一掃王悅安臉上的陰霾，整個人霍然開朗起來。

「我們為彼此的未來好好加油吧！」

「嗯！」曾君君緊緊握住王悅安的手。

天有不測風雲，人有旦夕禍福，蘇以爾的母親平常看來健健康康，上個月卻心臟病突發，撒手歸天，這個晴天霹靂的噩耗，叫人不禁感嘆世事無常。

蘇國眾為了了卻愛妻生前的心願，決定在她去世的百日內，讓以爾和悅安完婚。但這個喜訊來的太突然，反而令王悅安不知所措。為此，她特地來找曾君君，報喜以及訴說心中的不安。

看到結婚帖子，曾君君感到既驚又喜，不明究理。奇怪？一代佳人居然動了凡心，迫不及待想跳進愛情的墳墓？

回頭一望，才發現王悅安一副心事重重的神情，一點也看不出待嫁女兒的喜悅。

「悅安，你是不是得了婚前恐懼症？」

「我好想逃婚。」

「為什麼？」曾君君感到震驚。

「我根本不敢結婚，也不想結婚。」王悅安沈重地說：「可是為了蘇媽媽生前的願望，我又不能不結婚。」

「那以爾的態度呢？」

「他無所謂。」

「你們的關係怎麼會變的這麼糟？」曾君君覺得很納悶。

「我不知道，反正我對他已經沒有感覺了。我很清楚這三年來，工作的歷練，讓我的心境做了很大的改變。他卻依然停留在『書中自有黃金屋，書中自有顏如玉』的單純世界。我成長了，他卻不願調整自己的腳步，彼此一起前進，再加上聚少離多，現在我倆好像是兩個不同世界的人。我曾經努力找尋這個問題的癥結所在，也和以爾徹夜長談過，想對症下藥來救這段感情，他卻一副不在乎的態度，實在讓我心灰意冷。」

看她如此無奈，曾君君覺得很心疼，卻愛莫能助。

「你真的會逃婚嗎？」想當年她也曾有這個念頭。只是想到母親，只好豎白旗了。」

「理論上應該不會。但事實上，我想也不會，畢竟情感已被恩情蒙蔽，理智就敗退下來。只要一想到當年蘇爸、蘇媽挺身，說服我父母親同意讓我休學、就業，為了安撫母親的疑慮，蘇家用行動表達支持，讓我和以爾先訂婚，來證明沒有傲人的學歷一樣能成為蘇家的媳婦，破除門第之見。這份恩情似海的情，我能用逃婚來回報嗎？」王悅安猶豫了一下，無奈地說。

她洩氣地想著，明知彼此個性不合，很難生活在一起，但恩情的包袱，親情的逼迫，讓她掙脫不了，那就只有認命。反正感情已不再是她全部的生命，事業才是她目前的寄託，她已找到自己可以主宰的天空。

「我相信你，你一定會有所作為。」曾君君鼓勵她道。

王悅安鼻一酸，淚水流下來說：「希望如此。」

「悅安，好了！別盡往害處想，你看看，像以爾的條件這麼好，多少人搶著要，你還傻呼呼想臨陣脫逃，想把少奶奶拱手讓人，真是笨。還有我當年結婚的情形，比妳還糟，迷迷糊糊被嫁掉，對方還是十分陌生的老男人，沒有感情基礎，如今我還不是一樣過日子。」

她不惜把自己最不想回憶的往事重提，這一切只是想換來好友快樂的容顏。

王悅安點點頭。

「好吧！時候不早了！我們回家走吧！」

「你看太陽又下山了，不管是陰天或雨天，還是颱風天，每天還是一樣的轉動，並不會因我們的心情而停止，畢竟我們太渺小，不能改變甚麼？不如勇敢面對它。」

蘇以爾和王悅安的婚禮極為低調與簡單，因為蘇家還在喪期中，所以不像訂婚時的盛大排場。幾位賓客臉上依然掛著喜氣之笑。

同樣是因喜事而笑，為何會有不同的笑臉呈現？對此，王悅安感到不解。

首先映入眼簾是媽媽得意的笑。爸爸是放心的笑，蘇爸爸是滿足的笑，君君是祝福的笑，立偉是陪人傻笑。蘇家姊妹是喜悅的笑，姐夫們是喜氣而笑。以爾是快樂的笑，自己的弟弟是同情的笑，自己卻是難過的笑。她一直感覺悲劇似乎已經拉開了序幕。

雖然心中仍舊充滿不安的情緒，也只能無奈的聳聳肩，告訴自己：「這一切都是命定的。」

# 6 出軌

好一個「衣帶漸寬終不悔、為伊消得人憔悴」

故意，讓愛出軌，只是想讓今生的情感了無遺憾罷

結婚三年來，高立偉和曾君君一直處於相敬如賓的階段。白天各忙各的，晚上依然各自獨睡。高立偉一直扮演照顧者，曾君君則欣然享受著被照顧的甜蜜。有時她會想，結婚真好，即使天塌下來也不用怕，因為他總會幫她頂著。

而高立偉最大的盼望，則是她能快點畢業，或許這會改善彼此的關係，能走進對方的內心世界，分享心靈深處的情感。而不是像現在，雖然名義上是夫妻，實際上卻像陌生人般的疏離。有時難免情緒會低落，感到有些氣餒，但未擊垮他愛到深處無怨尤的心。

這一天，高立偉忍不住說：「君君，從結婚到現在，我感覺到你一直活在自己的世界裡。我不知道是你拒絕接納我，還是因為不喜歡這個婚姻，不喜歡我？」他受傷地問。

「我沒有拒絕你，也沒有不喜歡這個婚姻。相反地，我很滿意現在，也很滿意你。」他的一番話讓她不得不趕緊解釋。

「真的嗎？可是我老是覺得你不快樂的樣子，因為你很少笑，也不愛笑。還有從來不曾主動對我說話。」

「哦！不主動說話，也有錯，其實不是故意這樣，是我怕說出來的話，都太幼稚，被你嘲笑。還有你是一家之主，是我的大恩人，我怕失言得罪你，你會生氣。至於我不愛笑，是因為你不笑，我哪敢先笑。」君君純真的答。

「我的天！」他恍然大悟，差點昏倒：「君君，我一直以為用我的深情和真愛可以溶化你的心，和彌補這樁一廂情願的婚姻之缺憾，如今我自己看來好像錯了。你還是不了解我，我凡事替你設身處地著想，深怕你受到一絲絲的委屈，我的一片用心，你好像常常視而不見，儘管一而再三，我不惜把男人的尊嚴，拋在一邊，你還是無動於衷，是不是我做的不夠好？」

曾君君內心充滿歉意、淚眼婆娑：「對不起，你是個好人，你對我的好無懈可擊，我不是木頭人，你對我的好，我都知道。我不該漠視你的存在及感受，付出。你為我所做的一切，我真的心知肚明，也真的謝謝你給我一個溫暖的家。其實我很想回應你的一片真情，只是我不知該如何表達。」

「只要你心裡有我存在，我就心滿意足了。」

他釋懷了。

滿意的在她額上親一下，心中滿是暖暖的愛意。

一升上大四，曾君君班上的同學們就提議辦個活動聯誼情感，以及珍惜大家有限的相處時光。有人起鬨要辦就要辦的轟轟烈烈，聲勢浩大一點，邀請其他系的同學一起參加。七嘴八舌討論的結果，決定去野外露營，地點選在三地門，活動則命名為「抓住春天最後的尾巴」。

當曾君君把這個消息告訴高立偉時，他注意到她臉上泛起一股前所未有的期盼表情。

「如果你想去，就去吧！」他不加思索地說

「真的！你真的放心讓我參加？」她心裏充滿喜悅。

「我是良心發現了。想想很多人大學生活是多采多姿，而你卻因為我的關係，只有空白的色彩呀！」他心裡覺得過意不去，接著說：「再說露營是個不錯的戶外活動，是另一種生活體驗。」

經他這麼一說，她心動極了，決定要參加，並想看看是否像期待中一樣好玩，令人回味無窮。

露營當天的天氣相當不錯，一路上大家嘻嘻哈哈，歌聲、笑聲此起彼落，只有曾君君是安安靜靜享受著。

在一片歡笑中，不知不覺，車子終於抵達目的——三地門

看到一片綠意盎然的青山綠水，同學們歡喜驚叫，興奮極了。爾後，各小組忙著

紮營，各就各位，準備升火、煮飯、炒菜等。

在炊事進行中，有尖叫聲，有驚叫聲，和笑聲不斷交識著，個個手忙腳亂，卻一片歡樂。曾君君被分配到挑洗菜，不諳做家事的她，把芹菜的莖丟掉，留下菜葉，被眼尖的同學看到，不停被取笑。一頓飯煮下來，大家才深深體會到自己平日是讀書的高手，卻是做家事的低能兒。難怪只是煮一頓飯，大伙就忙得人仰馬翻，狀況百出，精疲力盡。

午休過後，大家興高采烈玩起大地迷蹤的遊戲。但曾君君玩到一半就悄悄脫隊，走到一個人煙罕見的溪畔，獨自坐在溪中的大石上，雙腳戲弄著清徹的溪水，享受清涼溪水帶來的舒服感，思緒趁機飛楊起。她不了解自己為何難以融入人群，是不是自己太孤僻而不能合群？想到此，眉頭不禁皺了起來。忽然背後突然傳來極富有磁性男人的聲音。

「嗨！冰山美人，你怎麼可以一個人在此獨樂樂？」

她回頭一望，只覺得那人挺眼熟，卻想不起來，心裡也不想搭理。

「哈囉！不記得我了，我叫孫文宏，也曾經被你罵的那個冒失鬼，我一直在找機會想跟你交朋友。」他向著她走過來。

她心想，這真是個無聊的男子，她不喜歡如此輕浮的男性。

「你不要老是拒人於千里之外，給別人一次機會，就是等於給自己無限希望。我是誠心誠意，想交你這個朋友，才跟著你到這裡。」他不死心地繼續說。

她依然不動聲色，不想理睬。

孫文宏見她一言不語，情急之下，涉水來到君君面前。

「你知道嗎？在學校裡我已經注意你很久，也暗戀你多時，只是一直找不到機會與你正式見面。」

曾君君被他的直率嚇了一跳，他的話撩起她內心深處的悸動，那封塵已久的少女情懷，那屬於荳蔻年華的想法，似乎向她走近了。

她忍不住抬頭望著孫文宏，當四目不經意接觸時，在孫文宏深情款款的注視下，她的內心小鹿亂撞，不安極了，急欲離開這擾人的視線。

他見狀立刻擋住她，友善地說：「請你相信我的誠意，或許我講話比較直率，把你嚇壞，但你一定要給我一個機會，好嗎？」

她愣住，且心動了。

「我是很想給你機會，但是我倆是不同世界的人，我勸你還是死了這條心吧！」

她很理智地告訴他。

「我不懂你的意思，你是拒絕我，還是看不上我？」他直接了當問個明白。

她聽了直搖頭。

他按奈不住內心的焦慮，單刀直入：「我還是不明白，你搖頭的意思，代表什麼？」

沉思許久，她平緩而淡然說：「你清楚我的背景嗎？」

「這很重要嗎？」他不解反問。

「是的！」她嚴肅地表示。

「或許不多，但我的愛是憑感覺。」他沉思一下又繼續說：「我知道你一向習慣獨來獨往，但是孤單的身影卻帶著落落寡歡的哀愁。你的一舉一動，總是顯得那麼世故成熟，你的一顰一笑是那麼從容不迫，你的身上很難嗅覺到青春氣息。但是我欣賞你這成熟的美。」

「那只是假象，你別被虛假的外在所騙。」她有苦說不出，毫不客氣刺破。

「我相信自己的感覺。」他依舊信心十足。

剎那間，她想起自己受盡命運之擺佈，處處身不由已的感嘆，甚至求學身份也與眾不同，想想，一個已為人妻的人，能有什麼資格編織海市蜃樓的夢，更別想談一場風花雪月的情愛。想著想著不禁悲從中來，潸然淚下。

「怎麼了，是不是我說錯了什麼話？」他慌張地問。

她只是一直啜泣著。

一時之間，孫文宏也亂了方寸，不知如何是好，索性任由曾君君的眼淚自由地宣洩。

許久，曾君君拭去臉上的淚珠：「對不起，我一時情緒失控，嚇著了你。」

「不會，其實有時能毫無忌憚放聲痛哭一場，也是一種福氣。」他安慰著。

她聞言苦笑，卻不予置評。

「謝謝你！只是你不了解我的背景，便冒然想和我做朋友，這是很危險的事。我是結過婚的女人，能有資格和異性談做朋友？你注意這麼久，或許應該看過一個天天送我上學的男人，那就是我的丈夫。」

抬頭看著滿臉訝異孫文宏，她突然為自己的坦白後悔了。

孫文宏的夢碎了，心也跟著碎了，口中不停喃喃自語：「我不相信，我真的不相信……」雖然內心痛苦不已，他還是樂觀的說：「這是你在開玩笑，是你想拒絕我而編織出來的謊言。」

「我並不擅於說謊。」她誠實地表明，希望他能知難而退。

「這次露營的平安保險是我經手的，我看過你的身份證，配偶欄是空白的！」他找出最有力的證據。

這點證明的確令曾君君百口莫辯。但那不是三言兩語就可以解釋清楚，她沒有必要對一個剛認識的人說明。

「算了，我沒騙你就對了。」她接著補充道：「世界上有很多東西是可以造假的。」這話充滿提醒和警告的意味，並對他笑笑。

這一笑讓他更加不安。雖然他不能確定它的真實性，卻激發了他潛在的冒險性格。他決定放手一搏。

「我們都是同學，就不能分已婚或未婚的身份。」他故意輕鬆帶過，避開惱人話題：「我們走吧，去玩遊戲。」便拉著君君走。

在孫文宏熱情的帶動下，曾君君很快地就融入遊戲裡。

兩人加入時，遊戲已進入第二回合，開始打泥巴戰。

首先必須通過爛泥坑，將全身上下塗滿了泥巴，各自散開，尋覓最佳的攻擊處。

由於大家臉上都是泥巴，常常分不清是敵是友，會互相胡亂猛烈攻擊。孫文宏為保護曾君君免受泥巴糰打到，總是緊緊拉著她，小心翼翼讓她躲在身後。偶爾會有一、二個人從後侵襲他們，他一樣奮不顧身，衝去擋住他們。

抵達目的地，她看到好多女同學哀號連連，全身是泥，東倒西歪的躺下，那個場面真是慘不忍睹。唯獨她安然無恙，剎那間產生莫名的感動，悄悄走到孫文宏旁，蹲下來輕聲說：「謝謝你剛才英雄救美的表現。」

孫文宏滿足一笑，伸出手握住君君，這個舉動讓她臉紅心跳加速，感到燥熱極了。

第二天營火晚會，有一段是文宏個人表演時間，他一上台，就以低沉的嗓音說：「今天我要自彈自唱兩首歌，這兩首歌，都是為一個充滿靈氣的女孩而寫的。這個女孩現在就在我們當中，」他的目光一直停留在她身上：「她是我的夢中情人。」他略微停頓一下，大家都屏息以待答案的揭曉。

「她叫曾君君！」孫文宏大膽叫出。

霎時驚叫聲、歡呼聲四起，君君意外極了！眼眶泛著熱淚。

第一首歌……情緣
茫茫的人海，人海的茫茫
我居然遇見你
這是神話，還是命運的安排
是情的引力，是緣的牽線
芸芸眾生裡，眾生芸芸裡
我居然只愛你
這般的奇妙，是愛神的恩賜
我們就說這是……情緣。

第二首……美夢
不管睜開眼睛，不管閉上眼睛
總是有一個甜蜜的美夢，愛相隨
從清晨到日正當中，從日落到黑夜
我的臉上始終盪漾著笑容

只因擁有一個美夢⋯⋯就是你
曾經只是一朝一夕想念，後來成了無時無刻的思念
原來是為了那個美夢，為了那個夢中的你。

在優雅的歌聲中，孫文宏充滿磁性的嗓音有如天籟般自然流瀉出來，令人如痴如狂，如夢如醉，感動了每個人的內心深處。

歌聲方歇，安可聲、驚嘆聲、歡呼聲此起彼落，不絕於耳。在瘋狂、沸騰的安可聲要求下，他順從大家要求，再演唱一首。

演唱途中，他突然開口：「我可以請我的夢中情人一起合唱嗎？」

全場一片嘩然，目光全部轉向君君身上，在同學的起鬨和鼓吹下，曾君君羞紅著臉，扭扭捏捏起身走向孫文宏。

在他熾熱深情的凝視，她無從遁逃，只能嬌羞低著頭。孫文宏則順勢在她前額烙下一個輕吻，並在她耳畔輕聲說：「我愛你！」全場則是報以熱烈掌聲。

曾君君熱淚盈眶，覺得這種感覺太美妙了。

孫文宏見狀也很自然把她擁入懷裡，在場的同學們看的目瞪口呆，並對這真情的

擁抱抱以熱情鼓掌。

營火晚會結束後，孫文宏對著曾君君說：「走吧！我們去溪邊欣賞美麗的月色。」

她略遲疑一下，還是跟著他走到一處空曠寂靜的河邊，二人坐在大石頭上。

夜色籠罩著大地，她隱約聽見大地之神在呼喚她的良知。

「我不該跟你來的。」她既懊惱又後悔。

「為什麼？」孫文宏茫然地問。

「和你獨處，會讓我產生罪惡感。」她實話實說。

「只是獨處一下嘛！幹嘛想那麼多。」為了化解她心中的不安，他故作輕鬆地說。

「不！我們已經超越同學間的情誼，我該回營地去了。」

「你真是死心眼。」他心裡既歡喜又有點忌妒，試著說服她跳脫道德的巢臼。

「不管時代怎麼變，忠貞的定義是永遠不變的。那是一種承諾，一種責任。」

眼見她的觀念牢不可破，他立刻岔開了話題，驚喜叫：「你看滿天的星星，真美呀！」

君君抬頭一看，也興奮叫起來：「嗯！真的很美。」

「是呀！這樣美好的月色，又有佳人作陪，最容易使人意亂情迷。」他意有所指。

「你說話正經一點好嗎？」

他聞言，嘴角提起一抹邪氣輕挑的笑，以迅雷不及掩耳的動作，在她的櫻桃紅唇上輕啄了一下。

她不由得一驚，瞪大眼睛看著他，內心不停的狂跳著，全身更感覺到每一根神經、每一個細胞都在顫抖著。愛情似乎在彼此心中滋長著。

「你愛我嗎？」他癡迷地問。

「嗯！」她意亂情迷地回應。

「這是真的嗎？」他控制不住心頭湧上的笑。

她突見他眼中綻放的愛的光芒，心裡一驚，立刻拉回飄蕩的思緒，很心虛的說：「剛才我是胡說八道，千萬別當真。」

「你真是位多變的女孩，老是一副欲拒還迎的態度，令人難以捉摸，但我喜歡這調調。」說完立刻將她擁入懷裡，抵著她的唇，渴望地說：「給我一次機會。我不奢求天長地久，但求彼此誠心相待，求求你，別把我的一片真誠給踐踏了，還有，我真的不在乎你已婚的身分，也不會過問你的來歷，除非你願意談。」

這一番動人的話，瓦解了曾君君的心防，逐漸對愛產生另一個期待。

一夜未眠的曾君君，眼皮雖然沉重，內心卻是亢奮無比，臉上始終洋溢著甜蜜笑容，一切只因為身旁多了位護花使者，讓她備感幸福。

回到家，見高立偉在廚房忙著，走進去想和他打招呼，卻瞧見桌上擺滿佳餚。

「哇！真好吃。」她忍不住偷吃了一口。

專注於炒菜的高立偉，聽到聲音回頭一看，驚喜叫道：「君君，你回來啦！」

說完立刻走到她面前，情不自禁伸手輕撫她的臉頰，深情地說：「我好想你，我現在終於了解什麼是一日不見如隔三秋了。」

她心虛了，不太自然的說：「我也是。但是我現在很累，又全身是汗，很不舒服，想先去洗個熱水澡，好嗎？」

「當然好，快去吧！」他微笑著，順口問：「這次玩的開心嗎？有沒有認識新同學。」

她本來很開心要回答，但一聽到新同學的字眼，便硬生生把話吞回去，僵著笑臉回答：「還不錯！我去洗澡了。」

留下獨自沉浸在喜悅中的高立偉。

曾君君衝入浴室，打開水龍頭，「嘩」的從她頭上淋下來。沿著她細嫩的粉頸流向全身，全身立刻舒暢起來。

這讓她想起營火晚會上激情的一幕，以及孫文宏的情話綿綿，讓她初嚐到愛情的滋味。仰起臉，閉上眼睛，她心中有些模糊，不知是因掉進愛情的漩渦，抑或是水流刺激著身體的感官，令她突然很渴望孫文宏那份熱烈的愛。

「文宏啊！文宏！」她不禁閉上眼低喃，流露出她心底深處的情與慾。感覺到自己擁有太多不該有的愛，讓她陷入道德與情愛糾葛的交戰中。她越來越不了解自己，甚至開始對控制不住自己的心感到慌張。

這時傳來高立偉的喊叫聲：「君君，你洗好了嗎？」

喚醒了仍舊沉醉在自己幻想中的曾君君：「馬上就好了。」

一顆飄蕩的心，這才回到現實生活來。

洗完澡的曾君君，神采奕奕，美的不可思議。

高立偉眼睛一亮，直讚美說：「君君，你現在真是秀色可餐。」

「我看你是餓昏頭了，我們吃飯去。」她笑吟吟地說。

面對整桌的菜，她狐疑地問：「這些都是你一手煮的嗎？」

「看你的表情，好像對我的手藝很懷疑的樣子。」

「不，我不是這個意思，我是訝異你的手藝精進不少，而且全部是我喜歡吃的菜，我想你一定花不少心思。今天是什麼日子嗎？」

「我只是想你在外三天一定吃不好，所以給你補一下。」

「你對我真的太好了？此生我不知如何回報你。」她眼眶微微泛著眼淚。

「傻女孩，夫妻之間哪有人在談回報的道理，吃飯吧！對了，我想喝點酒，你要不要？」

「喝酒？」她睜大杏眼吃驚地問。

「是呀！」

「我記得你不喝酒！」

「人總是會變的！」立偉神情自若地回答：「瞧你吃驚的樣子，你放心，我只是喝一點點而已。」

「只要你喜歡就好，別理會我的大驚小怪。只是你是何時愛上喝酒？」曾君君心裡納悶地問。

「這都是你惹的禍。因為你兩夜不在家，看不到你的倩影，害我失魂落魄，整夜輾轉難眠，只要一閉上眼，整個腦海就充滿你的身影。為了打發難以排解的相思，才在無意中發現櫥窗裡的酒。喝一口感覺還不錯，就越喝越順，後來醉倒了，人也睡著了。你看酒不但可以一醉解千愁，還能治失眠呢！」他興奮地說著酒的美妙之處。

「好吧！先吃飽飯，等會我再陪你喝。」曾君君心裡感到很甜蜜，並摻雜著心疼的感覺。

「這真是太好了。」他喜出望外。

兩人邊吃邊喝，有說有笑，不知不覺間酒瓶空了。

「我不行了，我好睏，想睡覺了。」她不勝酒力地說。

語畢，立刻起身上樓，步伐一個不穩，整個人又跌回椅子上。

滿臉通紅的立偉見狀，立刻上前：「小心！我來扶你上樓睡覺。」

兩人搖搖晃晃地走到曾君君房間，他意識清楚地想輕輕將她放到床上，但手腳卻不聽使喚，變得笨拙了，費了好大的勁才把她扶上床。轉身離去之際，卻聽到曾君君喃喃叫道：「好熱，好熱……」一邊說還一邊解開上衣的扣子，酥胸立刻半露。

高立偉回頭一看，不禁面紅耳赤，上前為她覆蓋被子時，竟一個踉倉跌在曾君君身上。

君君迷人芬芳的體香，刺激他潛在的慾望，望著她那混合著天使和魔鬼的身材，以及女人特有的魅力風情，熱浪席捲了他的全身。帶著幾分醉意的高立偉再也克制不了已經氾濫成災的蠢蠢欲動的慾望，一股強烈需要發洩的力量讓他情不自禁愛撫了她每吋滑嫩如脂的肌膚。

曾君君在意識不清下本能的抗拒一下，欲拒還迎的動作卻加深了男人征服女人的慾望，引發與生俱來的渴求，他溫暖地覆蓋著她的全身。

她也有意似無意地放鬆了身子，對這沉默的邀約，使高立偉亢奮極了，緩緩地進入她的體內，完成天人合一的靈魂盛宴。

那一刻，高立偉很實在地感覺到她是完全屈服於他的。這種感覺太美妙，令人回味無窮。

一早醒來，高立偉滿臉歉疚：「對不起！我毀了當年對你的承諾。」

她怔忡的望著他，晶瑩的淚珠直瀉而下。

「我真的不是故意的，是因為一時情不自禁，才會失去理智。」他感到自責不已。

她淚眼迷濛，將臉埋進掌中。

他將她的臉扳起，輕柔又心疼親吻她臉上的淚珠說：「我愛你！」

「我沒有責怪你的意思，我之所以痛哭流涕，是為自己沒有做好心理準備而感到遺憾。」她也伸手抱了他。

「我真的很抱歉！讓你驚慌失措了。雖然這一天我期待已久，但我一直告訴自己，不能用手段強佔有你，我也相信自己有過人的毅力和耐力來等待你，直到你心甘情願。而今我才明白，自己原來也只是一個平凡人。」

「你是個好人，我實在很對不起你，讓你等待這麼久。」她動容地說。

「你好像一夜之間長大了。」他感到一陣驚喜。

「不是長大，是變大人呀！」她自我嘲笑接下去。

「太好了，那我想要再來一次。」他故意露出對做愛的飢渴狀，順勢抱住她。

「救命，色狼來了。」她迅速掙脫，衝出房間，笑著大叫。

高立偉見狀，開懷大笑。

這天早上，孫文宏刻意在校門口等待曾君君。

她一看見他，故意視而不見閃躲開來。

「為什麼要躲避我？」他擋住了她的去路。

她沉默以對。臉上平靜得令人猜不出一絲絲內心的想法，只是深鎖的眉頭洩漏了她的不安。

「你說話呀！」他因憤怒的大叫，引起路過同學的側目。

「你走吧！」她只是冷冷地說。

「不！今天我一定要跟你把話說清楚。」

「既然你這麼堅持，那我們去大榕樹下談。」她無奈地示意。

茂盛的榕樹，遮蔽了人群的視線，顯得僻靜多了。

兩人面對面對視許久，還是她先移開目光，因為她害怕自己的感情再一次淪陷。

「為什麼你要躲避我？」他痛苦地問。

她一時語塞，冷汗從額頭不斷冒出，止不住害怕的顫抖：「我……沒有躲你，只是不想見到你。」

「為什麼？」他大聲吶喊著。

「我愛我丈夫，我拋不開婚姻的道德束博。」她的內心一陣酸楚，眼眶竟紅了起來。

「我不是說過，我不在乎！」

「可是我有罪惡感！」她的眼中泛著淚光，將臉埋進雙掌。

看到她痛苦的模樣，讓他感到心疼與不捨，但他又不甘心自己的一片癡情付諸流水。

他溫柔地輕撫她柔軟烏黑的秀髮，疼惜的為她拭去臉上的汗和淚，輕拍著她的背，輕柔的將被汗水濡濕的頭髮撫順，舉手頭足之間，自然流露對她的一片真情。

「我了解你所承受的苦和矛盾，愛你，就不該讓你受苦。」

「哇！」她聽了再度啕嚎大哭，好不容易築起的城牆又遽然崩塌。

「我乞求你，不要拋棄我，我愛你。」他將她緊緊地摟在懷中。

他的一言一舉又撩撥起她內心深藏的熱情，她抵擋不了這份濃濃情意的誘惑，在愛情與忠貞交戰時，她鼓起勇氣順從自己的感覺，寧可成為婚姻的背叛著，決定不再做愛情的弱者。

用雙手抹去淚痕，嘴角往上一揚，她露出一個燦爛的笑容說：「好，但是你不能後悔哦！」

「聽你的口氣，好像想通了什麼？」他大膽地問。

「不是想通了，是破繭而出，想要成為你感情的俘虜。」

孫文宏不禁欣喜若狂。

「你別高興的太早，你若不好好善待我，我還是會再一次逃走。」她警告他。

「遵命！」孫文宏歡天喜地的說，笑得合不攏嘴。

看著他的反應，曾君君心裡暗忖自己在跟命運做賭注，這是多麼危險的事，但她卻義無反顧，執意嚐嚐戀愛的滋味，是否真是令人狂喜、心盪神馳，令人沉迷忘返？

從那天開始，只要曾君君早上有課，孫文宏一定會到校門口等她。

這天，他又看見高立偉載她來學校。

「我又看見他了，你可不可以自己上學？」他醋味十足地說。

「你生氣了？」她發現他臉色不太對勁。

「心裡很不是滋味！」

「好，那我回去跟他商量看看。」

「拜託！這還要商量!?」

「當然，他是我的丈夫。」她很認真回答。

「你自己不能做主嗎？」他有點洩氣。

「我……」她猶豫不決。

「算了，你自己看著辦好了，我們不要為這件事傷感情。」

「好！」她怯怯地說。

晚上，曾君君趁著看電視時，故意坐在高立偉旁邊嬌嗔：「偉哥，我已經長大了對不對？」

他伸手摟著她的腰，笑而不答，點點頭。

「那明天開始，我自己去學校，你不用載我了，好不好？」

「怎麼會突然想到自己去上學？」他有點納悶。

「我不是說我已長大了，想要學習獨立嗎？」她故意強調。

「哦！原來如此，可是我已經習慣載你了。」

「習慣可以改，如果你不答應，我現在起就不理你。」看他的反應，她只好用脅迫的方法。

「你是在請求我，還是在要脅我？」他偏頭看了她一眼。

「都有嘛！」君君笑咪咪回答。

「那你乾脆下一道聖旨命令我就好，何必如此大費周章，反正你知道我這個人是老婆至上，唯命是從的善人。」

「哇！太好了，你答應了！」她一臉得意洋洋，難掩勝利之樂。

「對了，你不能跟蹤我、偷看我，知道嗎？不然我會翻臉不認人。」她再一次強調：「我真的不會迷路的。」

「是的，小的遵命。」他笑了。

她興奮的親了他的臉頰一下，正準備離去，就被他從背後抱住，將臉頰貼在她身上，輕輕摩摩挲：「我這麼慷慨答應，你要如何感謝我？」他柔情的愛撫著她，很小心地引誘她的心。

在他懷中，她有種被珍愛的感覺，一股來自心靈深處的慾望，使她臉上盪漾如夢似幻的笑意，羞赧微笑說：「那我們去房間裡，我任你宰割。」

「嗯！這個條件挺誘人，我接受。」高立偉色瞇瞇地笑著。

兩人相視而笑。

「寶貝，今天是禮拜天，你要跟我去教堂做禮拜嗎？」高立偉試探著，也是企望著。

「對不起，我想去圖書館找資料。」曾君君抱歉地說。

「喔。」他有點失望，但是不願意勉強她。

「偉哥你看，我穿這件衣服好看嗎？」她自顧自的照著鏡子。

「非常好看，人漂亮穿什麼都漂亮。」他發自內心讚美。

「你在嘲笑我？」

「這是肺腑之言，而且我還發現你越來越有女人味呢！」

「你又在消遣我。」她笑著抗議。

「唉，你對自己真沒信心，真是糟糕透了！」他故意搖頭表示惋惜。

「偉哥，這不能怪我，誰叫全世界的男人，只有你一人讚美過我，而我又不知道你的話是真是假？」

「那些男人實在太沒眼光，不過這樣也好，省得我煩惱。」

「你煩惱什麼？」她不懂他有什麼好煩惱。

「怕有人把你追去！」

「如果真是如此，你要怎麼辦？」她詭譎著笑問。

「把你搶回來！」

「若是我不回來？」

「我就拱手讓人，算是做件好事。」他開玩笑地說。

「偉哥，人家我是說正經的。」

「我會跟他拼個死去活來，不然就把他給幹掉，以免後患無窮。」他沉思一下後，認真的回答。

「你真的會這樣做？」她冷不防打了個冷顫。

「那當然，在愛情的國度是容不下第三者的入侵和存在。」

「包括一般異性朋友嗎？」

他想了一下說：「是啊，因為任何和你接近的男人，都是意圖不軌，都可能引起我的疑心病發作。」

「喔！」她有些難過地說：「你太暴力了！」

看了她一眼，他突然開懷大笑說：「我是跟你開玩笑的，人的一生，哪有可能只有丈夫而沒有異性朋友？」

「討厭，我不跟你抬槓，不然等一下會遲到。」她由憂轉喜。

「你跟誰約？」他好奇地問

「跟陳美美約好一起到圖書館。」君君心虛的說完後，就一溜煙跑走，深怕不安的情緒會洩漏出秘密。

在圖書館前，等待許久的孫文宏看曾君君邊跑邊回頭，覺得有點奇怪。

「瞧你這麼慌張，發生了什麼事嗎？」

「因為我對他撒謊。」

「你太遜了吧！一個小小的謊言就嚇成這樣。」

「你怎麼這麼說。」她有點不悅。

「跟你開玩笑的，走吧！」他看情況不對，立刻陪笑臉，拉著她往反方向走。

「奇怪，我們不是要進去圖書館嗎？」她納悶地問。

「喔，我忘了帶借書証，你跟我回家拿，好嗎？我家就在前面不遠而已。」

「喔！」她心裡嘀咕，但還是乖乖跟他回去。

整排前有院子透天房子中最後一間，房子外觀實在不怎麼顯眼，但位於馬路旁的巷內，巷道兩旁的住家們彼此有共識，在院子種滿花花草草，將環境美化得賞心悅目又鬧中取靜，是很好的住家環境。

君君一進門便叫著「哇！你真享受，一個人住這麼大的房子。」

「這是我叔叔的房子，我是寄居者，但是他很少回家，因為他是船員，經年累月在海上漂泊。」

「他沒有結婚嗎？」君君好奇問。

「沒有，他不喜歡婚姻的束縛。」文宏輕描淡寫說著：「他認為獨身自由自在，來去自如，毫無牽掛多好。」

「那他一定很快樂。」

「我不知道，但他是個樂觀的人。」

「他長得帥不帥？有沒有紅粉知己。」她好奇著追問。

「喂！你好像對我叔叔很有興趣的樣子？」

「人家我只是好奇而已。」君君漲紅臉說。

「不過說真的能嫁給我叔叔也不錯，脾氣好，人帥又多金，只是有點老而已。」

君君白了他一眼叫：「無聊。」

「我說的都是事實，你不信就算了。」

看到客廳擺滿各式各樣的陶瓷小玩偶，還有千奇百怪的石頭和好多好多不同造型的鼻煙壺，還有許多不知名的藝品，她看得目不轉睛，驚奇連連，感動不已著說：「我看你叔叔有收集癖，他的生活很有情趣，看家裡的裝潢和佈置我覺得他滿有品味，他感情一定很細膩，是個性情中人。他有這麼多的嗜好，難怪他會不想結婚。」

「叔叔若有聽到你這番讚美的話，他一定樂壞，一定會喜歡你。因為在我爸的眼中叔叔是個怪人，他搞不懂有錢，不娶老婆去買一些有的沒的來家放。不過我不懂收集東西跟不想結婚有甚麼關係？」

「當然有關係，收集自己心愛的東西，是要花時間和心思以及耐性。」

「我還是不懂，我也不想懂。」反正那些都是我叔叔心愛又寶貝的東西。

「豬頭是不用懂太多。」君君嫌文宏太沒情趣隨口罵一下。

轉身繼續看牆上他叔叔行船到世界各地停泊時，順便到當地遊玩，所留下的足跡之照片。

看著她專注於牆上的照片，他的腦海裡閃過一個念頭，露出邪惡的笑容：「現在我們孤男寡女共處一室，你會不會怕？」

「怕什麼？」她反問。

「怕我把你吃了。」他裝出要把她吃了的動作。

「我才不怕你。」這個動作讓她忍不住笑了出來。

他趨前一個箭步，熱情如火的抱住她。

「文宏你幹什麼？」她不停地掙扎。

孫文宏全身血液沸騰，胸中燃起一股前所未有的慾火：「我要把你吃了！」

她腦子轟然乍響，叫道：「我不要！」

他低沉的嗓音試圖魅惑著她：「給我好嗎？」

「不要。」她堅決反抗。

「我根本就不愛你這種狂霸之徒。」

孫文宏的臉一陣刷白，倏地鬆開雙手，頹喪跌坐在沙發上。

「我就知道你根本不愛我，我當然不能和你那偉大的丈夫相比，我太自不量力。」

君君見狀，心立刻軟下來：「我只是一時氣憤，你太不尊重我了。如果你要的話，我一樣可以給你。」語畢，她緊閉雙眼，裝出一副任他宰割的模樣。

孫文宏感到一陣愕然，脫口而出：「我真忌妒那個男人能完全擁有你的人。對不起，我太莽撞了，一時被色慾沖昏了頭，但我真的很忌妒……」

她眼眶中泛起難堪的淚光，臉上出現一抹憂鬱的神色，喃喃自語：「除了立偉之外，天下的男人都是一樣的自私，我要回家去。」

他一時情急拉住她，由於力道太大，她一個踉蹌，跌坐在他腿上，他趁機緊緊環抱著她，輕聲哀求她：「對不起，我知道錯了，我太自私，只顧自己的需求，而忘了你的感受，我一定會改過自新，求求你再給我一次機會？」

她噙住淚水不作聲。

「我保證一定遵守發乎情、止於禮。如果你不信，我可以發誓——」他焦急地立刻舉手做手勢。

君君最痛恨發誓這玩意，一聽到他要發誓，立刻制止他：「我相信你就是。」

「謝謝！」他難掩臉上的喜色。

「你沒有資格忌妒他，他是個好人，他曾經做了三年無名無實的丈夫，卻無怨無悔。」她臉上掛著一抹淡淡的感激。

「他性無能嗎？」他故意這樣猜。

「才不是，他是正人君子，是個聖人。」她加以駁斥，並說：「他曾經承諾等我到大學畢業才行夫妻之禮。」

「三年後他就後悔而毀約？」他忍不住譏諷。

「錯了，這還不都是你害的。」憶起當時的情況，她嬌羞責怪著。

「干我什麼事？」他覺得莫名其妙。

「就是那次露營回來，我太亢奮了，喝了一些酒後，自動投懷送抱而失了身。」

「早知如此，在三地門時我就該捷足先登！」他顯得很懊惱。

「你又來了！」她有點氣憤。

「喔！我說錯話，自己掌嘴。」

她羞愧地偎近他的身體，故意露出一抹可憐兮兮的模樣，以博取他的同情和諒解。

「告訴你這件事，是要讓你明白我已非處女之身，如果你嫌棄或在乎，現在還來得及抽離。」

「我不是說過，我愛你，當然包括所有不完美的缺陷，況且你是被逼婚，迫於無奈，只怪我太晚認識你。」他毫不遲疑地說。

「真的，你不後悔？」她感到十分欣喜與感動。

孫文宏肯定的點點頭。

她驚喜不已，親吻他一下，他則順勢地撫摸她，親吻著她的唇。她自然輕閉雙眸，感覺到他熱情濕軟的舌頭正觸及她的舌尖，這美妙的感覺令她飄飄然，彷彿置身夢裡一般。

此時孫文宏溫柔低語：「我可以要你嗎？」

曾君君嘴角露出甜蜜的笑，默許了。

他的手技巧地退去她的衣衫，他強而有力的心臟也倏地狂舞著，有著極欲狂奔的感覺，渾身的血液，炙熱沸騰，呼吸更加急促。

「我愛死你，已經迷倒在你石榴裙下。」他在她耳邊呢喃。

「真的嗎？」她心蕩神馳迷茫地回答。

為甚麼男人的愛是如此膚淺？只要感官上給予的滿足就能擄獲男人的愛情。

這樣的愛情是她渴望的嗎？她茫然了！

當感官的愉悅退去時，君君內心的罪惡感又浮上心頭。

她不懂自己為甚麼。

曾君君回來時，高立偉正坐在沙發上看電視。

「君君，你回來了。」

「嗯！」她報以微笑。

「你去哪裡？」

「不是告訴你我去圖書館嗎？真是健忘。」她心虛地說。

「可是我也有去，卻找不到你。」

「你跟蹤我？」她感到心驚膽顫。

「跟蹤？我才不會做這種無聊的事。我是做完禮拜才去的。」

「哦！」一顆繃緊的心立刻放鬆：「偉哥，你怎麼突然想到找我，有事嘛？」

「沒事，只是人老了，很怕寂寞。」他掛著曖昧的笑。

「我看不是這麼單純吧！你還是從實招來。」她笑著走到他身旁，故做嬌嗔。

他凝睇著她：「我好想你。」說著將她整個人圈住，在耳畔低語：「我想要你。」

她不由的愣了一下，心中有著極大的衝擊和起伏。她雖不忍拒絕，卻無法適應一天之中要和兩個男人肌膚之親的行為，於是面露難色說：「可是我很累了！」

「哦。」他感到一陣錯愕，難掩失望之情：「沒關係，你去休息吧！」他張開雙手放開她。

她心一緊，主動貼近他，輕柔低語：「我故意逗你的。」

他欣喜若狂將手緊緊地箍住她，貪婪、愛戀的輕撫著她的每吋肌膚。他的挑逗像一股狂熱的的電流，襲擊著曾君君的全身，這種歡愉的感受讓她意識逐漸迷茫。

曾君君氣定神閒地坐著享用咖啡。不一會兒，王悅安也進來了，她連忙起身招呼：「嗨！大忙人，你終於來了。」

等王悅安拿下太陽眼鏡後，曾君君被她臉上的淤青嚇了一跳。

「你的臉怎麼了？」曾君君駭然驚叫。

「被以爾打的。」低下頭，王悅安以微啞的聲音回答。

「什麼！以爾會打人？」曾君君驚訝不已。

「現在的以爾性情暴烈，不再是從前那個溫文儒雅的以爾了。」王悅安語帶哽咽，說著說著，漸漸紅了眼眶。

「真的？」曾君君心中翻騰得亂無秩序，接著又問：「他常打你嗎？」

「嗯。」王悅安沉吟半晌才回答。

「我的天！太不可思議了。」曾君君感到難以置信：「他怎麼會變成這樣？」

「我不是很明白。或許是我太強勢，也或許是他自尊心作祟。不過我想，錯一定是在我。」王悅安沉默良久才緩緩說出：「你也知道我這人自視過高，經常陷入得理不饒人的情緒，也常常會因恃寵而驕、盛氣凌人，尤其對以爾有很大期許，常常會心急而口出惡言，踐踏了他男人的自尊。」

「不管怎樣，動手打人總是不對，這會變成習慣！活在暴力陰影下，任誰都會瘋了。你不可以再繼續忍受他的暴行！」曾君君氣憤又憂慮的說。

「這就是我今天約你出來的目的，因為我確實無法再忍耐了。」她一臉無助。

「唉……」曾君君難過地說不出話。

「悅安，你有去找婚姻諮詢專家嗎？」

「有，但是沒有用的。」

「那怎麼辦？」曾君君心急如焚擔心

兩人相視卻是一陣沉默。

「你不能再讓以爾繼續施暴下去，如果再這樣下去，搞不好有一天自己是怎麼死的自己都不知道。」曾君君嚴肅地警告著。

「應該不會這麼嚴重吧！」

「誰知道以爾什麼時候發起瘋，一失手，那就完了。」

「我想這應該不至於發生，不過跟你談一談心裡舒服多了。其實我早有最壞的打算，不過事情還沒有走到那個地步，我不便透露。今天能看到你，我的心情就好了一半。謝謝你的關心！」

「朋友之間謝甚麼。」

王悅安笑了。

「好了，不談我。」啜了口咖啡，她吐口氣問：「你近來過的如何？」

「很好，忙著享受愛情的甜蜜。」曾君君一臉幸福洋溢。

「你談戀愛？拜託，都老夫老妻了，還有什麼愛情可言，你真是的。」

「不是立偉，而是另有其人。」曾君君坦率地說。

「你不是在開玩笑吧！你忘了自己是結過婚的人。」她不得不提醒曾君君，也為她出軌的行為捏把冷汗。

「我知道。不過我真的很喜歡他，不管在年紀上、思想上、情感上，我倆都相當契合。」曾君君一方面覺得心中充滿甜蜜，一方面又有罪惡感：「我發覺愛人是件很美很享受的事。我真的克制不了自己的感情。」

在王悅安眼中，曾君君是位屬於多情的女孩，很容易被感動並陷入愛的泥沼。而愛情是一種神秘又難纏的東西。當它來時，想躲也躲不掉，只好任由它擺佈，走上這條不歸路。

「你可以懸崖勒馬嗎？」王悅安語重心長地勸告她。

「太遲了，我已經無法自拔！」

「如果被立偉發現，你就完了！」

「每次一想到這個問題，我就覺得心驚膽跳，頭痛的要裂開了，萬一被他親眼撞見，那後果才真叫人害怕。」

「唉呀！最壞的結果，就是離婚而已，反正我們都長大成人能養活自己了，還怕甚麼？」王悅安勉強擠出笑容，安慰著好友。

乍聞「離婚」這個字眼，叫她驚訝不已：「我從來就沒有離婚這個念頭。」

「呃……」王悅安一臉錯愕，但很快就恢復她一貫沉穩的態度說：「那只是我的假設，當然，你有你的打算，最好那一天永遠不會來臨，現在談論它，好像有點杞人憂天，或許過了一些時日後，搞不好你突然迷途知返了，一切都會像春夢了無痕，甚麼事也沒有發生，是不是？」

「不愧是有智慧的女強人，說的話總是不同凡響。但是我決定順其自然並聽天由命去安排。」曾君君尷尬地笑笑。

「不管你的決定如何，我都祝福你，願幸運之神降臨於你。」王悅安無奈地聳聳肩。

曾君君會心一笑：「謝謝你！你別只顧關心我，你自己也該好好正視你和以爾的問題。」看著好友臉上的傷勢，心裡不免替她憂慮。

「我知道。」王悅安神色黯然地回：「其實走到今天這個地步，我該負大部分的責任。是我一直太忽略以爾，如今想改變它，卻不是一朝一夕能扭轉，我擔心自己力不從心。」

「我了解你的無力感與憂心，你就盡力而為，我相信你一定可以扭轉乾坤的。」

曾君君緊握王悅安的手說。

「好吧，我們彼此加油吧！」王悅安深深地感受到友情的溫暖。

「我真的很後悔和以爾結婚，我早知道自己不適合以爾，只是當年心有所圖他家裡的財富，以及媽媽的虛榮心作祟，而欺騙自己的良知，又順服局勢的安排，造成這樁失敗的婚姻，如今後悔已經太遲了。」才剛恢復的笑容立刻又轉為黯淡：「你知道嗎？大家只看到我的表面風光，誰又知道外表幸福的背後，隱藏了多少不為人知的辛酸和痛苦。每當午夜夢回，回想我終日忙碌於追求名利，而今擁有了它，卻不覺得快樂，難道是自己需求太多嗎？還是咎由自取的結果？」

「我想是我們太愛作夢，太理想化，忘了夢想有時跟現實是有差距的。」曾君君連忙安慰她。

「或許吧！才會以為結了婚，一切都會變的更美好，真是糊塗透了！」

「悅安，別難過，想想若沒有親身走進婚姻裡，誰又知道自己在其中的境遇如何？箇中滋味如何？其實婚姻也不完全只有苦，我們的心態很重要。」

「我何嘗不是這麼想，只是我比別人天真，以為逃避就能躲避很多問題，還認為時間可以消弭很多障礙，如今回想起來，才發現自己竟然如此天真、可笑。」王悅安相當感慨：「我們倆真是一對感情的白痴。」

彼此泛起絲絲的苦笑。

「悅安，如果叫你放棄目前的一切，你捨得嗎？」曾君君小心翼翼探問。

「很難！正因為如此，我才一直默默承受以爾的暴力。」她不諱言。

「唉！真是解鈴還需繫鈴人呀！」曾君君憂心忡忡：「悅安，你多保重。」

「瞧你一臉苦瓜相，又不是世界末日！」見好友糾結難看的愁容，王悅安忍不住調侃她：「你放心，等有一天我想開了，就會放得下一切，那時我就得救。」

君君笑了。

悅安也跟著笑起來。

當愛情來臨的時候，常使人深陷其中，幾乎沒有什麼抵抗的能力，當然更無力逃離。如果這種愛是發生在男未婚、女未嫁的身上，愛情的甜蜜是令人所期待的。只是孫文宏和曾君君之間的愛情，有如漂流在無邊無際的河流上，蕩漾出的全是悲傷與害怕。卻依然越陷越深，只因愛情太誘人。

熱戀中的曾君君像變了另一個人似的。打開了心靈之窗後，才發覺外面的世界竟然這般迷人這讓她有了想飛的欲望，甚至離開家，離開高立偉。所以當孫文宏邀她畢業典禮結束後一起去環島旅行時，她一口就答應了。她告訴自己，這是一個離開高立偉的好機會！

明天就要畢業了，曾君君這晚卻徹夜難眠，心情雜亂透頂，因為過了這一夜，她的人生將發生重大變化，至於是好是壞，連她也不知道。

一早醒來，高立偉見她一臉倦容，嘲笑說：「你是不是太興奮要畢業了？」

她因為心虛而勉強擠出笑容：「對呀！」親了她臉頰一下，他說：「這是正常的，我以前也是這樣。」

「真的？」她驚奇地笑著問。

「聽你的口氣，好像充滿懷疑？別忘了，我也曾經年輕過。只是當年大學畢業典禮，我是邀請全家人來參加，而你卻拒絕所有人的參加，也許時代不同，現在的年輕人，只愛獨樂樂的滋味，卻不知眾樂樂更棒。」

倏地，她眼中擒著淚水道：「偉哥，對不起，我有苦衷的。」最後的「苦衷」兩字說的十分微弱。

「小寶貝，我又沒有責怪你，你記得早點回家，這樣我就心滿意足了。」他含笑地說：「我上班去了，你也趕快準備到學校，別遲到了。這是最後一天，過了今天，人生又是一個新的開始了。」

他轉身在她額上輕吻一下，她雖熱情回應，心裡卻想著他剛才說的話，心頭愈發沉重了。

目送他離去之後，看看時間所剩不多，就迅速收拾好東西，在桌上留了一封信後，帶著依依不捨且紛亂不安的心情離去。

畢業典禮結束後，曾君君匆匆趕到車站與孫文宏會合。在稀疏的旅客中，卻不見孫文宏的人影，她獨自走到一個角落坐下來等候。

驀地，她想到自己就這樣一走了之，是一時迷惑還是孤注一擲？抑或喪失了心智？她忽然對自己所下的決定感到不安，心中突然湧出一股害怕又不捨之情，尤其是她已經習慣了高立偉的呵護，現在一下子要抽離這一切，內心突然發現他存在的重要性。

她後悔了！

這時，孫文宏匆匆的趕到，火車正好要開動，她卻毫無起身之意，還莫名哭了起來，他不明究理急躁地說：「火車就要開了，我們趕快上車。」。

離情依依的曾君君一經他的催促，淚水便似決了堤般傾瀉而出。

「你哭什麼嘛！我們只是去旅行幾天而已，很快就回家了。」

「不！旅行完，我就不再回到那個家。」抬頭望著文宏，抽噎的聲音卻難掩她堅定的抉擇。

「為什麼？」他大吃一驚問。

「我哪有臉再回去面對他？」她聲音低啞而難堪。

「你可以撒個謊。」

「你要我欺騙他到幾時？」她反問。

「那你為什麼不直接跟他攤牌，說個明白。」對曾君君這種腳踏兩條船的作法，他再也忍受不了了。

「我沒有勇氣說，我怕他不能承受這打擊。」

孫文宏立時仰頭狂笑。

「因為你一直愛著他，所以放不下也狠不下心。」他早就不滿她老是舉棋不定的做法，和曖昧不明的態度。

「我只是覺得做人不能忘恩負義。」她忍住心中哀傷地辯解道。

「算了，別騙自己了。如果你對他沒有情份在，你絕不會在選擇不告而別後，現在又突然走不開，還在這裡流淚。所謂當局者迷旁觀者清，我看得一清二楚。這一年來的交往，你的言談舉止中，總是不知不覺流露你對他的眷戀、牽掛與依賴。現在我不得不承認，他還是完全佔有你的心，我不得不承認自己是個失敗又多餘的第三者，你根本不曾屬於我的，而我曾擁有的妳，只是你多餘的愛。過去我一再欺騙自己，終有一天會皇天不負苦心人，讓我真正擄獲你的心，當自己真正去面對心底深處的真相時，才知道這有多難堪。」他相當挫敗。

語畢，孫文宏頹喪地攤坐下去。忽然好想大笑，笑自己的痴傻，笑自己又笨又呆，這讓他痛徹心扉。

再看看曾君君，卻選擇沉默。

他眼神渙散的注視地面，大聲吶喊地說：「我是咎由自取！」他徹底灰心了：「你回去吧！」

她不敢相信他竟然說出這樣的話，頓時一片天旋地轉。不一會兒，出乎自己意料之外，她沒有掉一滴淚，這般戲劇化的結局，讓她不知何去何從。

# 7 終曲

走在人生夕陽的餘暉下，驚覺韶光飛逝若夢，回首來時路，

有希望、有失落、有美麗、有殘缺，多少有些遺憾呀！

離開了車站，離開了孫文宏，曾君君茫然地拎著皮箱走在街頭。走著走著，心累了，腳也累，卻找不到可以休憩的地方。這時腦海突然閃過回家的念頭。唯有家，唯有立偉才是她的依靠，疲憊的心才能得到慰藉，於是她往回家的路走去。

為了曾君君，高立偉特地提前下班，並到餐館訂了一些菜餚帶回家，要好好慶祝這令人欣喜的日子。興沖沖地回到家，家裡居然空蕩無人，納悶之際，突然看到桌上有一封信，一股不祥的預感慢慢湧上心頭。打開信一看，冷汗從額頭上不斷冒出，雙手不住的顫抖，心不停往下沉……天地在一瞬間變了色彩，他無語問蒼天。

為何他的一片深情卻換成如此下場？他崩潰了。他心痛的有如刀割，一會兒臉上佈滿著憂鬱，一會兒暴跳如雷，聲嘶力竭狂怒，砸亂所有家具，整個人陷入瘋狂狀態。

這時，曾君君悄然歸來，看到凌亂不堪的景象，愣住了。

失去理智的高立偉一看見了她，便發了狂似的一個勁兒狠狠抓住她的肩膀搖晃，吼叫：「為什麼要離開我？我是如此深愛你，而你竟這般狠心，拋棄我，為什麼？為什麼？」

「好痛，好痛，偉哥放開我。」高立偉因憤怒而加大的手勁讓她疼痛不已。驚慌失措的不停求饒。

「我不許你走，不許你離開我！」怒火淹沒了他的理智，忌妒燃燒了所有的自制力，憤怒之火撩起暴力之源，他不斷地怒吼。放在曾君君脖子上的雙手也愈來愈用力。她拼了命的想掙脫，用盡全身力量，卻依然動彈不得。而隨著她的掙扎，高立偉像是發狂發瘋似越掐越緊。

漸漸地，她的喊叫聲逐漸微弱，終於無聲無息地倒在他身上。他突然鬆了手，她的身體也立即跌落在地，發出巨大的聲響。

高立偉猛然清醒，緊抱著曾君君才發覺她的心跳停止了，呼吸也停了。他緊張用力地搖著君君，她卻動也不動。他像中邪般再度陷入瘋狂狀態，無法相信自己深愛的妻子竟然死在他手裡，他是劊子手！他驚懼極了，不停哀嚎，最後聲啞力竭地哀求：「君君，我求求你，醒來好嗎？醒來好嗎……」

「你是屬於我的，我不會讓你走的，我會愛你一生一世，一生一世保護你……」喪失理智的高立偉，就這樣一直緊緊抱著曾君君，口中不停喃喃自語。

兩天後，吳昭娣會同警察找來鎖匠開門，才發現這個悲劇。她傷心地當場昏倒，心也碎了。整個人萬念俱灰，心也死了。

吳昭娣走到海邊，面對大海，發出淒楚的慘叫：「天呀！曾家的列祖列宗到底做了什麼缺德事，還是造了什麼孽？為何要讓他絕子絕孫？而我吳昭娣又做了什麼事？得罪何方的神聖？讓我死了丈夫，又死了兩個女兒呀？我只是一個無依無靠的寡婦啊！」她大聲的怒吼：「天呀！請你告訴我，為何要如此殘酷的懲罰我，難道我命中注定該如此，我好恨……好恨啊……人為什麼不能勝天！曾永麟，請你一定要原諒我，沒有好好捍衛住你的女兒，我們的孩子。我知道我對不起曾家祖先，我竟然扼殺了曾家最後一個子孫，讓曾家絕了後代，今天我只好以死謝罪。反正我已經失去所有的至親至愛，獨自活下去也沒有任何意義。」她一面喃喃自語，一面向大海的盡頭走去。

求死的意志佔據了她所有的思緒，一步一步朝著死亡的路前進。海越來越深，浪也越來越大，吳昭娣的人顯得越來越小，直到大海整個吞噬了她，無聲無息地離開了這個世界。

乍聞君君的死訊，剎那間，王悅安感到一片天旋地轉，悲慟欲絕，整個人陷入無邊無際的哀傷。

她真的不能相信一個至情至善，愛君君勝過愛自己的好男人，會親手殺了自己的妻子。天呀！這是什麼世界，她想控訴這個世界，到底還有沒有真愛存在？愛不是迷人的，也不是甜蜜的，它是毀滅性的，它是禍害，它是會騙人的。

自此，她終日痛不欲生，恍恍惚惚。直到參加曾君君的喪禮，在骨灰撒向大海的那一剎間，她遽然驚醒。原來人的生命是那麼脆弱，說走就走，一條生命就此消失了這個世界，想想君君一生何其短，像曇花，朝露般快，她是否有心願未了，她是否有有許多夢想未完成，有沒有徒留很多遺憾。

她真的醒了。

她決定在自己有限的生命裡，要活的有尊嚴，活得快樂，不再隱忍蘇以爾的暴力，不再為了面子和名利而整日活在婚姻暴力的恐懼中。現在的她已無力承載，除了丈夫的暴力，又多了一種死亡隨時降臨的恐懼，她不要讓那悲劇又再一次的在她身上發生，該是終止這段婚姻的時候了。

這天，王悅安特地提早回家，一進門就瞧見蘇以爾坐在客廳裡看電視，她輕輕地進臥室換衣服，他也無視她的存在。

到廚房沖了兩杯咖啡，她很自然地遞給他一杯，他投以懷疑的眼神，猶豫了一下，才伸手接著。

她順勢坐在他的對面，彼此凝視許久。悅安啜飲了一口咖啡，打破沉默說：「我們好像很久沒一起喝咖啡了。」

「嗯！」他不屑地說著。

她見他情緒還滿穩定，於是柔聲說：「我知道你一直很不滿意我，我也知道自己不是位好太太，從來就沒有盡到妻子的責任。」她停頓了一下，有點難以啟齒：「我知道你很不快樂，而我也是一樣很痛苦。」深呼吸一下，她還是鼓起勇氣：「所以，我們還是離婚吧！這對彼此都好。」

「你說什麼！再說一次！」他聽了暴跳如雷，拍桌子叫罵。

他如此激烈反應早在她的預料中，只是內心難免有點恐懼，幾乎想放棄，只是這樣念頭一閃即逝。她努力壓抑恐懼害怕的心：「你別這樣大聲咆哮，我知道我主動提出離婚，會有損你男性的尊嚴，讓你無法忍受。可是我真的想要自由，想要多愛自己一點，我不想再委曲求全的過日子了。」

「你每天都搞到三更半夜才回家，還說不自由，那什麼才叫自由？」他憤怒地說：

「想離婚就說，不必找什麼藉口，什麼叫想多愛自己一點，多美麗的謊言，噁心！人家說能幹的女人最會耍花招，玩把戲，不過不管你搞什麼花樣，我是不會離婚的，我絕不會輕易地放你走。因為我太愛我的女強人老婆！」他反諷地說。

「你明明知道，我要的不是那個自由。」她忍氣吞聲辯解，怕事情沒轉圜的餘地，只好放低姿態哀求他：「求求你放了我吧！我真的不適合你，勉強在一起，只會讓彼此更痛苦。」

他充耳不聞，置之不理。

悅安聲淚俱下，一時情急，憶起他當年的諾言：「我記得你曾經對我承諾，只要我能過得快樂，你說可以為我犧牲自己，即使是赴湯蹈火，在所不辭，就算用盡自己的生命，也一定要換得我的笑容。現在我要你兌現當年的諾言。況且，我們的關係已經走到無法挽救的盡頭，離婚是遲早的事，你為什麼不趁著我們尚未演變成仇人時，心平氣和的分手，或許將來還有緣分的話，我們會有復合的機會。」

她的一字一句，像針一般深深刺痛著他，他的心在淌血，他的良知似乎甦醒了。其實他也早已厭倦了自己這兩年來的惡行惡狀。

「好，我同意離婚。既然你說緣已盡，強留你只是增加彼此的痛苦，那你就走

吧！其實我早就該放你走，」他痛苦不堪地：「反正擁有你的人，卻得不到你的心，又有何用？」他像心被撕裂般地說：「這兩年我也受夠了自己愚蠢行為。」

她不解地凝視著他：「我不懂你的意思。」

「我是娶了你，擁有你的人，但我並沒有真正佔據你的心，否則你不會天天都忙到三更半夜才回家，你的心裡只有事業，你的眼裡只有工作，你根本沒有想到，我每天獨自孤寂守著偌大的家，被孤獨包圍的難過和那等人的煎熬。」他心痛地說：「所以我發現咆哮是發洩情緒的好方法，自己欲罷不能陷入。還有對你的動粗，也是對付你咄咄逼人的氣勢和冷言冷語的態度，這也是引你注意的方法。可是施暴之後，我又忍不住懊惱、悔恨。這種反反覆覆又愛又恨的行為，讓我心力交瘁，我真的累了。是的，離婚是唯一能讓我放下心中的痴戀，改變暴戾的我，以及最後能為你做的事。」他充滿無奈與愧疚。

「以爾，謝謝你的成全。」她熱淚盈眶。

「該說謝謝的人是我，你是個好女人，唉！像你這麼好的女人，是該和一位能力相當的好男人相配的，我是不夠資格。」他羞愧不已。

「你也是位好男人。」她淚眼婆娑激動地說。

「你別安慰我，如果我是好男人，你是不會離開我。」他不禁感慨。

王悅安無言以對。

「好了，我們別再想過去，珍惜現在相處的時刻吧！不然，下次再相見都不知何年何月了。」

她點點頭。

「悅安，我可以問你一件事嗎？因為我一直不明白。」他心裡十分平靜。

「可以，你問吧！」

「真的，那我就直說，你是什麼時候變了心、不再愛我？」

悅安大吃一驚，緩緩啟口：「這個問題對你來說很重要嗎？」

「是的。」他十分肯定。

「我怕你聽了會很難過。」

「不會，我今天敢問你這事，表示我已經能坦然面對留不住你的事實。」

她沉思一下，幽幽地說：「三年前。」

「有這麼久了，我真是後知後覺。」他驚訝不已，責怪自己太粗心大意。

「是你太幸福，不懂人是會變的。」言意之下，透露著他不懂人間疾苦和人情世故。

「我真是太可悲了，生活得太安穩讓我一直沒有危機意識，原以為安逸的生活是上帝給予的恩典，現在卻變成我的致命傷。」

「你別難過了，你能坦然面對自己，表示你長大了，至於上帝給你的恩寵，你要感恩，以喜悅的心對待，那種福分不是每個人都能擁有的。」

「悅安你真是個好女人，難怪我爸那麼讚賞你，我真希望我們能重新開始。」他有感而發，雙手緊握著悅安，眼中充滿了企盼的光芒。

她顫抖把手抽離，把頭別向一邊，冷靜地說：「我想這需要時間。」

蘇以爾沉默了。

蘇以爾和王悅安已辦妥離婚手續。

正當她準備離去，蘇國眾難過地拉著她的手說：「是我們以爾的福氣不夠，你們才無法白首偕老，我不怪你。」語畢，隨手從紙袋拿出一疊股票：「這是我的一點心意，也是你該得的酬勞。不管將來你是否能跟以爾再續前緣，我永遠認定你是我們蘇家的兒媳婦。」

「哇！」她忍不住放聲大哭，這份被人肯定、被人疼惜的感覺讓她相當感動。

「爸，謝謝你，你讓我感覺自己存在的價值，謝謝你的疼愛，你永遠是悅安最敬愛的爸爸。這些股票，我會等以爾學成歸國，有獨當一面的能力時，全數歸還給他，我想那時我的責任也了了。」

「悅安你真是位聰慧、善解人意的好女孩，我果然沒看錯人。」蘇國眾很感動她的這份心意。

離婚後，蘇以爾立刻辦妥出國手續，準備繼續唸書深造。換個全新的環境，對他來說，才是一個嶄新的開始。

這一天是他出國的日子，基於夫妻一場的情分，王悅安特地來送行。

往機場的路上，她始終保持沉默，直到他準備入關登機，她才趨前緊握他的手：「祝你一路順風，早日學成歸國！」

他不捨的將她擁入懷中，輕聲地說：「謝謝你，很高興你能來，多保重，我會想念你。」

彼此的眼眶盈滿了淚水，互道再見。

從機場回來的路上，王悅安一直感到心神不寧，眼皮不停地跳，一股不祥之兆緊緊籠罩著心頭。

一進辦公室不久，就傳來蘇以爾所搭乘的飛機墜海的噩耗。這晴天霹靂的不幸消息帶給她極大的悲傷，痛苦又再度啃噬著她，讓她不禁吶喊：「天呀！你為何將死亡的符咒，緊緊箍住我四周的親人，這叫我情何以堪、如何面對？」蘇以爾的死讓她陷入深深的自責與悔恨，當初若不是自己執意要離婚，現在他也不至於踏上死亡班機。

這一天王悅安強忍內心傷痛，到蘇家探望蘇國眾，兩人相擁而泣，喪失愛子的他，在一夜之間蒼老許多。看到極度憔悴的蘇國眾，她心疼極了，決定盡一已之力，陪伴他走出喪子的陰霾。

從那天起，不管她有多忙碌，每天一定會抽空去看他。

蘇國眾還是終日不言不語。這令她十分擔憂，卻愛莫能助。

一段日子後，王悅安又來到蘇家，不小心跌了一跤，身體感到十分不適，便到醫院檢查，結果卻出人意料——她懷孕了。

王悅安愣住了。一時之間，說不出是悲還是喜，心裡混亂極了。這個新生命來的太突然，讓她面臨生與不生的難題，因為這關係到蘇家香火的承傳。她矛盾極了，最後還是決定先問問蘇國眾的意見再做決定。

走進蘇家，一眼就瞧見呆坐在門檻前的蘇國眾。

「爸爸，悅安來看你了。」她輕輕叫道。

他以呆滯、黯淡的眼神看了她一眼。

「爸爸，你不要坐在這裡等待以爾回來，這裡風很大，他看到一定會很心疼。」

他不發一語，只是流下淚。看在她眼裡，卻是難過到極點。

在悲惘的激情下，她決定把孩子生下，希望這樣能讓蘇爸爸重拾歡笑。

她伸手握著他枯瘦的雙手，望著像似風中的殘燭的蘇國眾說：「爸，我懷了以爾的孩子，決定把它生下來，你覺得如何？」

剎那間，蘇國眾的眼中重新燃起了希望的光芒，不敢相信地問：「這是真的嗎？」他激動得老淚縱橫說：「真是老天有眼，蘇家終於後繼有人了，只是太委屈你。」

「我是心甘情願的，這也是我想到唯一能報答你的恩情的方法，我真的好感謝上帝能給我這個的機會。」她真誠地說著。

蘇國眾終於展顏歡笑了。

王悅安心裡很安慰著，摸著肚子裡的孩子，突然懷念起了以爾過去種種的好，想想兩人也曾經擁有一段情竇初開的愛戀，純淨如水般的愛，是哪麼快樂、美好的時光，回想彼此曾經是哪麼的契合，愛鬥嘴，愛開玩笑，常常讚嘆對方，長得讓人『賞心悅目』，鎮日看著都『心曠神怡』，一日看三回也不厭倦，而今這戲謔的話語，都成心酸的回憶，為甚麼思念、悔恨總是在分手後。

以爾你的遽然離世，成為我內心的椎痛，如果我早知道自己是這麼想著你，如果我不把賺錢當做是一種樂趣、一個夢想，或許一切都會改變。到今天我才知道你為我所受的苦，如果我能分擔你那段期間的苦痛，哪怕是一點點都好，但是我心裡明白這是永遠不可能的事……。以爾你，若聽到我的話，你會原諒我嗎？

立偉，驀然回首才發覺這是我彌補不了的缺憾啊！這麼多年之後，儘管您已成了我生命裡的過客，但你所給我的愛，那份無窮無盡的依戀，像天晴時萬裡無雲的壯闊，像細雨的綿綿惻惻，像春暖花開的緬杷樹飄蕩著淡淡清香，像深秋時綻放層層楓紅，時時刻刻牽動我的心，常伴我旁。

七年了。

他真懷疑自己是如何活下來？活下來的理由又是甚麼？

當初，他就沒有活下去的意願，寧可與愛妻曾君君一起長眠於地底。但是，他終究還是苟延殘喘的活下。日子就在懊悔、自責中，浮浮沉沉中過了七年。

今天是高立偉假釋出獄的日子。

抬頭看一下天空，天還是如此的藍，太陽還是一樣照耀。但他的腦海卻浮現許許多多的問號？

這真的是一個新的開始嗎？

一切真的能重新來過嗎？

在實際的空間是不可能的，而在心裡烙印的傷痕，也是很難磨滅的，所以人很喜歡自欺欺人，當然時間是最好的醫治良藥，只是這段可怕的記憶，讓他一度曾走不下去。是親情、是信仰的力量，從黑暗的深淵慢慢的把他拉出來，他真的不願再憶起那一段自己親手演出的生離死別，那內心的至痛，那劊子手的影子，始終伴隨著他，讓他寧可選擇遺忘，不願重提往事，畢竟陰影猶在，他真的需要時間與平靜生活。

最後，他選擇了一個偏僻的山區，選擇一個需要奉獻愛的機構，在這裡他可以得到慰藉。

現在，他終於明白神要他活下來理由。原來他還有能力愛人，也願意愛人，神一次又一次告訴他，此生不僅是為君君而來，更重要是為更多需要愛的孩子而來。

二十年過去了。

每一次到曾君君墳前時，總是情深意切，喃喃低語，好似對愛妻有說不完的話和愛意和叮嚀。

他告訴君君，他花了二十年的歲月，才找到自己活下來的意義。

國家圖書館出版品預行編目

一生只有一個夢 ： 紅毛港的傳說 / 王白石著.
-- 一版. -- 臺北市 ： 秀威資訊科技, 2004[
民 93]
面 ； 公分. -- 參考書目 ： 面
ISBN 978-986-7614-62-9(平裝)

857.7 93019775

語言文學類 PG0026

# 一生只有一個夢－紅毛港的傳說

作 者 / 王白石
發 行 人 / 宋政坤
執行編輯 / 魏良珍
圖文排版 / 張慧雯
封面設計 / 莊芯媚
數位轉譯 / 徐真玉 沈裕閔
圖書銷售 / 林怡君
法律顧問 / 毛國樑 律師
出版印製 / 秀威資訊科技股份有限公司
台北市內湖區瑞光路 583 巷 25 號 1 樓
電話：02-2657-9211 傳真：02-2657-9106
E-mail：service@showwe.com.tw
經 銷 商 / 紅螞蟻圖書有限公司
台北市內湖區舊宗路二段 121 巷 28、32 號 4 樓
電話：02-2795-3656 傳真：02-2795-4100
http://www.e-redant.com

2004 年 11 月 BOD 一版
定價：240 元

# 讀　者　回　函　卡

感謝您購買本書，為提升服務品質，煩請填寫以下問卷，收到您的寶貴意見後，我們會仔細收藏記錄並回贈紀念品，謝謝！

1.您購買的書名：______________________________

2.您從何得知本書的消息？

□網路書店　□部落格　□資料庫搜尋　□書訊　□電子報　□書店

□平面媒體　□ 朋友推薦　□網站推薦　□其他__________

3.您對本書的評價：(請填代號　1.非常滿意 2.滿意 3.尚可 4.再改進)

封面設計____　版面編排____　內容____　文/譯筆____　價格____

4.讀完書後您覺得：

□很有收獲　□有收獲　□收獲不多　□沒收獲

5.您會推薦本書給朋友嗎？

□會　□不會，為什麼？______________________________________

6.其他寶貴的意見：_____________________________________________

________________________________________________________

________________________________________________________

________________________________________________________

## 讀者基本資料

姓名：____________________　年齡：______　性別：□女　□男

聯絡電話：________________　E-mail：____________________

地址：__________________________________________________

學歷：□高中(含)以下　□高中　□專科學校　□大學

□研究所(含)以上　□其他_______________

職業：□製造業　□金融業　□資訊業　□軍警　□傳播業　□自由業

□服務業　□公務員　□教職　□學生　□其他__________

請貼
郵票

To：114

台北市內湖區瑞光路 583 巷 25 號 1 樓

秀威資訊科技股份有限公司　　　收

寄件人姓名：

寄件人地址：□□□

---

(請沿線對摺寄回,謝謝!)